Anna Katharina Laggner

Fremdlinge

Do shrimps make good mothers?
Paul McCartney

Ich ist nur ein brauchbares Wort für jemanden,
den es nicht wirklich gibt. Aber vielleicht hat sich
ein bisschen Wahrheit daruntergemischt.
Virginia Woolf

Das Offene denken bedeutet, das Leben,
das Lebbare, das Gangbare anders zu denken
als im Modus der Quantität und der Habgier.
Felwine Sarr

I. TRIMESTER

SSW 5+5

Nachts, Freistadt, Hotelzimmer. Alex ist noch unterwegs, wir mussten nicht diskutieren, wer früher nach Hause geht.
Ich bin im Bett, lese zufrieden.
Luis schläft, wie Kinder schlafen: tief.
Draußen ist es heiß, das Fenster steht offen, weit entfernt noch Musik, unten auf der Straße telefoniert jemand, eine männliche Stimme, laut, aufgebracht:

»Extra wegen dir bin i nach Freistadt gfahrn, wüst mi verorschen?«

Pause

»Hallo! Hallo! Was is los mit dir?! I bin extra nach Freistadt gfahrn, jetzt steh i do wi a Trottel!«

Das ist mein Vorteil: In meinem Zustand passiert mir so etwas nicht (und ich tu's auch niemandem an). Mein

Zustand verhindert, dass ich wegen irgendwelcher Leute nachts in der Gegend herumstreunen müsste. Mein Zustand hat diese Konten für mich geschlossen. Ich bleibe bei mir.

Aber trotzdem, ob ich da, wo ich gerade bin, richtig gewesen sein werde, weiß ich jetzt noch nicht.

SSW 5+6

Abtrieb: Butter, Zucker, Eier, sehr lange mixen.

SSW 6+0

»Hallo Busenwunder«, sagt Alex in der Früh zu mir.

Bleierne Müdigkeit, totale Hirnlähmung, keine Inspiration.

SSW 6+3

Der italienische Arzt im Landkrankenhaus könnte ein Model sein, so klassisch ebenmäßig sind seine Züge. Ich habe schon lange nicht mehr ein so schönes Gesicht gesehen. Er selbst starrt nur restlos fasziniert auf den Bildschirm des Ultraschallgeräts. So wenig ausgeliefert habe ich mich noch nie gefühlt, nicht einmal bei einer Frauenärztin. Dabei wollte ich nie wieder zu einem Frauenarzt. Aber siehe da, der junge Italiener sieht mich, und was in mir wächst, nur als Wunder. »Ich sehe zwei Fruchthöhlen«, sagt er und mir scheint, ich höre nicht recht. Mein allerestes Gefühl ist: Das ist jetzt ein Scherz, wenn auch ein schlechter.

Der junge Arzt sagt mir, für eine Abtreibung müsse ich nach Linz, das wüsste ich wohl, »Wien«, sage ich, »Wien gibt's auch.«
»Aber«, sagt er in seinem lustigen Italodeutsch: »Es gibt Leben.«

Abends sitzen Alex und ich vor dem Stall, trinken Wein und Prosecco, rauchen Zigaretten und besprechen unsere verzweifelte Lage.

Es fallen die Sätze:

»Über ein Kind wäre ich unglücklich. Über zwei Kinder bin ich todunglücklich.«

Dabei habe ich es noch als Scherz empfunden. Wenn auch als schlechten.

SSW 7+0

Der Wiener Stadtschulrat fördert, wenn die Kinder in der Schule nur Wasser trinken.
Luis sagt, das Wasser in der Schule sei ungenießbar, viel zu warm.
Auch mich hat das System Schule tendenziell immer provoziert.

SSW 7+3

Dass Schwangerschaft mit SS abgekürzt wird, in allen Internet-Foren, und sich niemand daran stört!
Da wird gratuliert: »zu deiner SS (dir steht was Wunderbares bevor)«, da hat jemand »eine supertolle SS« (bis auf ein bisschen Übelkeit), da werden Bücher empfohlen, »ganz nett zum Lesen in der SS«, da ist jemand die ganze SS über sehr entspannt, es wird allerdings geraten, bei einer Zwillings-SS Experten aufzusuchen, denn »es gibt da einfach viel mehr zu beachten als bei einer Einlings-SS«, da haben Frauen auch mal Beschwerden oder gar Blutungen »in der SS«. Nachsatz: »Ist nervig, geht aber wieder weg.«
So ist das mit der SS, ein vorübergehendes Unbill.

Mich hat die trübe Stimmung verlassen. Bin zuversichtlich, wenn auch nicht unbelastet. Wie entscheide ich mich richtig? Wie weiß ich, ob die jetzige Entscheidung auch in fünf Jahren noch die richtige sein wird? Oder auch übermorgen? Mein Gefühl sagt mir, dass ich nicht abbrechen werde, nicht von mir aus, gleichzeitig macht mich der Gedanke, dass es natürlich abgehen könnte, auch nicht unzufrieden.

Ich gebe die Schlagworte Zwillingsgeburten und Zwillingsstillen ins Internet ein, und was ich lese, klingt unbeschreiblich anstrengend. Mittlerweile ist es mir manchmal fast lieber, es bleibt bei Zwillingen, und nicht, dass sich einer verabschiedet. Das Vanishing Twin Syndrome, ich kannte das bis jetzt gar nicht. Passiert scheinbar in den ersten SS-Wochen, wobei ich grad nicht sicher bin, ob es besser ist, der vanished oder der left-over twin zu sein. Letzterer scheint Gefahr zu laufen, sein ganzes Leben unter Verlustschmerzen zu leiden, immer für zwei arbeiten zu müssen und sich (trotzdem) irgendwie ungenügend zu finden. Ich, als Schwangere, stelle mir nun vor: Ich verliere einen Fötus und verbringe die restliche Schwangerschaft mit Sorgen über die psychische Labilität des Hinterbliebenen. Das Internet ist schon eine ziemlich große Angst-Maschine. Fear-factory. FF.

Ich bin allein mit Luis in Wien, das tut gut, diese Trennung.
Alex und ich sind fatalistisch.
Wenn wir einander nicht verstehen müssten, wäre alles einfacher.
Ich bin ihm gegenüber wie ein Nichts.
Er steigt in Hundescheiße (»die Stadt hat mich schon richtig begrüßt«). Scheint nie munter zu sein. In der Früh schon entnervt.
Unsere Energie bringt Steine zum Weinen.

Die Übelkeit begleitet mich oft. Aber gleichzeitig ein recht gutes Körpergefühl, irgendwie stark.

Am kommenden Samstag hätte ich einen Termin am Fleischmarkt. Der Wiener Fleischmarkt, dort führen sie »Abtreibungen« durch, das wusste ich schon als Schülerin, das hat sich zu uns durchgesprochen in die Provinz, tradiertes Wissen. Der Fleischmarkt, natürlich auch ein recht eingängiger Straßenname, ist ein Begriff. Dank einschlägiger Berichte in meiner Vorstellung ein unwirtlicher Platz voller Autos, auf dem Abtreibungsgegner*innen den Frauen, die in die Klinik wollen oder aus ihr herauskommen, den Weg versperren und mit blutigen Plastikföten oder Holzkreuzen vor ihren Gesichtern herumfuchteln. Ich fand das eher abschreckend. Und nun habe ich selbst einen Termin dort.

»Damit Sie sehen, wie es sich hier anfühlt«, hat die Telefonfrau gesagt. Dabei brauche ich wirklich nicht zu wissen, wie es dort, wo ein Schwangerschaftsabbruch vorgenommen wird, ausschaut oder sich anfühlt. Wenn ich mich zu dieser Entscheidung durchgerungen habe, hat sich's fürs Erste aus-gefühlt.

Tatsache ist, dass ich es seit drei Tagen vor mir her schiebe, den Termin abzusagen. Ich will dort nicht einmal anrufen. Jetzt mach ich's. War nicht schwer. Beim ersten Anruf bin ich eine halbe Stunde in der Warteschleife gehangen und hatte den ganzen restlichen Tag einen Ohrwurm vom Schwangerschaftsabbruchsklinik-tonband. Jetzt ging's ganz flott, ich bin ohne Umweg über das Tonband durchgekommen. Um acht Uhr in der Früh braucht vielleicht noch niemand eine Abtreibung.

Ich bin auf alle Fälle schwankend. Wenn ich abbreche oder es natürlich abbricht, »abgeht«, sagt man, dann wäre ich sehr frei, dann würde ich zwei Monate überhaupt niemanden mehr sehen wollen. Es wäre herrlich, ich wäre so frei wie seit Jahren nicht mehr. Wenn ich nicht abbreche, muss sich auch viel ändern, nicht zuletzt die Tatsache, dass ich hier an einem Kinderschreibtisch sitze und arbeite. Immerhin mit schönem Blick auf die Straße.

Ob Kinder oder nicht Kinder, ich werde Raum zurückerobern.

Was gut ist: der Herbst, eine besondere Zeit, da habe ich immer so viel Energie.

SSW 7+6

Wir sollten das ganze Wochenende tun, was uns Freude macht, hat die Psychotherapeutin gesagt.
Ich weiß gar nicht mehr, was mir Freude macht.
Und sie hat gesagt: »Es gibt keine richtigen Entscheidungen.« Es sei eine Entscheidung zwischen Pest und Cholera. Wie sollen wir uns da für das Bessere entscheiden? Ich verstehe die Phrase, finde sie aber unpassend. Bei Pest und Cholera weiß ich, was ich bekomme. Bei Kindern nicht.

SSW 8+0

Von Zuversicht kann überhaupt keine Rede mehr sein. Ich habe diese Nacht kaum geschlafen, drehe mich nur in Kreisen im Hirn durch die kurzen Phasen der Zufriedenheit der letzten Jahre, die sich mit den langen Phasen der Unsicherheit und des Gefühls, nicht bei mir zu sein, abgewechselt haben.

Familie ist ja oftmals unerträglich. Alex und ich spielen das totale Drama. Es muss in einer Katastrophe enden. Und es wirkt für mich gerade nicht wie ein Spiel. Die destruktive Kraft der Nachtgedanken, heute frisst sie sich in den Tag hinein. Verbeißt sich.

Je mehr ich darüber nachdenke, desto mehr bin ich davon überzeugt, dass ein Abbruch auch ein Ende unserer Beziehung wäre. Das ist freilich absurd, wir leben ja nicht nur zusammen, um Kinder zu zeugen und großzuziehen. Ich kann nicht mehr zwischen Wünschen und Erwartungen unterscheiden. Oft habe ich mir ein zweites Kind gewünscht, aber als ich vor einem Jahr schwanger war und sich dieser Zellhaufen in den ersten Wochen aus eigenen Stücken verabschiedet hat, war ich überhaupt nicht traurig. Eher befreit, ich habe die verbleibenden Monate meiner Nicht-Schwangerschaft ziemlich gefeiert.

Ich denke an ein Fernsehinterview mit der feinsinnigen Sophie Rois, in dem es um Liebe geht, die härter ist als Beton. Der Interviewer, der im Bild nicht zu sehen ist, sagt, Karl Marx wäre »einen Moment lang« davon ausgegangen, man könnte die Familie auflösen. »Ja, ja«, sagt Rois enthusiastisch, »was für ein interessanter Gedanke«, den hätten wir ganz verloren. Jede Gesellschaft, die er kenne, sagt der Interviewer, bestehe aus lauter kleinen Köhlerhütten, in denen Liebe und Zuwendung gekocht würden. Was für ein schönes Bild, er hat auch eine sehr angenehme Art zu sprechen. Dabei, sagt er, wäre die Familie gänzlich ungeeignet für die Idee des Sozialismus; für eine gesellschaftliche Fabrik, die Menschen mache, die daran interessiert seien, gleich zu sein, müsse die Familie überwunden und durch etwas anderes Liebevolles ersetzt werden.

Die Auflösung der Familie ist tatsächlich undenkbar heute, eine Diskussion darüber findet nicht statt, vor allem nicht tagsüber. Das Interview mit Sophie Rois ist ein von Klaviermusik begleitetes Nachtprogramm. In den Gängen von Büros wird so etwas nicht besprochen.

Woran ich auch denke und mich erinnere und sowieso immer denke, ist die Erkenntnis, dass sich der österreichische Staat bis zu Luis' Geburt nicht für mich interessiert hat, ich war irrelevant gewesen und dadurch frei von Vorschriften, die über die Grundvereinbarungen hinausgehen. Diese Erkenntnis überraschte mich am meisten, diese Freiheit wurde mir erst bewusst, als ich sie nicht mehr hatte. Was die Gesellschaft alles von Eltern erwartet! Damit meine ich weniger die ungeschriebenen Gesetze und Regeln, wie sich Mütter und Väter zu verhalten haben, sondern ganz handfestes Zeug: Wir müssen zu Untersuchungen gehen, werden Teil und ausführendes Organ der Volksgesundheit. Ärztliche Untersuchungen sind Bedingung dafür, dass wir Geld vom Staat bekommen, bares Geld nämlich, und Kinder wirken sich steuermindernd aus. Ich denke aber, dass Schwerarbeiter*innen-Zulagen und Nachtarbeitszuschläge lukrativer sind. Eltern-Sein ist in dem Sinn kein attraktiver Job, auch wenn es gar kein Beruf ist. Was ist es?

Es ist auf jeden Fall ein Vertrag, er ist unbefristet und unkündbar, er kann in den Wahnsinn treiben, ins totale Verderben, das stellt auch Sophie Rois fest, Eltern können ihrem Kind nicht kündigen, das Kind kann den eigenen Eltern nicht kündigen, »die einzige Möglichkeit, da raus zu kommen, ist, sich gegenseitig umzubringen«, sagt sie. Aber selbst dann wirkt der Vertrag nach.

Warum ist dieses Verhältnis nicht aufkündbar, ohne das Strafrecht zu verletzen? Wieso herrscht die Meinung vor, wir dürften unsere Kinder nie verlassen, obwohl es durchaus denkbar wäre, dass ich einem Kind das Leben schenke und es so lange wohlwollend, schützend und liebend begleite, bis es selbständig Spaghetti mit Tomatensauce kochen, die Schuhe zubinden und bei Grün über die Kreuzung gehen kann? Dann sage ich: »Kind, ich habe dir das Leben geschenkt, mach nun daraus, was du willst, geh, wohin du willst, lebe, wonach dir ist. Ich bin jetzt weg.« Das wäre doch plausibel und würde sicherlich auch nicht mehr gestörte Menschen hervorbringen, als nun aus den Köhlerhütten kommen, sondern, positiv betrachtet, von Zwängen und Erwartungshaltungen befreite Menschen. Und die Eltern erst! Wenn unsere Kinder uns, vielleicht auch nur temporär, kündigen oder uns in ein Sabbatical schicken könnten. Wenn es eine Art Elternklappe gäbe, in die Kinder, die ihren Eltern nicht gerecht werden können, selbige hineinstecken und sagen könnten: »Übernehmt die mal, die sind überfordert und haben ein Problem mit sich selbst, helft denen, dann können sie wieder nach Hause kommen, ich komm so lang alleine klar.«

Am Freitag habe ich zu Alex gesagt, ich würde gerne mit ihm schlafen. Er hat mich nur gefragt, wieso ich das sage. Was für eine Frage! Es hätte mir Freude gemacht, mir vielleicht Beruhigung verschafft, ich bin schwanger und habe ein Verlangen gespürt, ganz einfach. Aber nun ist es zu spät und das Wochenende ist vorbei, ohne dass ich gemacht hätte, was mir Freude machen hätte können.

Ich bin verzweifelt.

Ich werde in die Schule bestellt, weil mein Sohn »ständig an etwas anderes denkt«. Das ist eine seltsame Formulierung, denn wer kommt auf die Idee, dass es das Eigentliche, an das mein Sohn denken sollte, gibt? »Wir empfinden das als ignorant«, sagt Luis' Lehrerin.

Meine Zuversicht nimmt wieder ein wenig zu. Wir waren am Fleischmarkt bei einer, wie sie das nennen, Entscheidungsberatung. Davor hatte ich das Gefühl, gar nicht sprechen zu können, ohne sofort zu weinen, dann ging's aber. Wahrscheinlich auch, weil die Entscheidungsberaterin so planmäßig ihre vorbereiteten Fragen vorgetragen hat. So dass der Anspruch, die Klientinnen auf keinen Fall zu beeinflussen, gerade noch an der Automatisierung vorbeischrammt.

Es ist gut, dass sich hier nichts anfühlt, auf der Straße waren keine mit Kreuzen oder Plastikföten fuchtelnden Menschen, niemand betete am Eingang, dafür regnete es in Strömen. Das ist natürlich auch nicht harmlos.

Die Beraterin hat mir Fragen gestellt wie: Was war Ihr erstes Gefühl, als Sie festgestellt haben, dass Sie schwanger sind? Wann hat sich dieses Gefühl geändert? Wenn Sie sich vorstellen, in einem Jahr zwei Kinder zu haben, wie ist das dann? (Vielleicht hat sie gefragt: Können Sie sich das vorstellen? Das weiß ich nicht mehr.) Unter welchen Umständen können Sie sich vorstellen, die Kinder zu bekommen? Als ich gesagt habe, ich hätte Angst, zu bereuen, hat sie gefragt, ob ich eher Angst habe, zu bereuen, die Kinder zu bekommen oder einen Abbruch gemacht zu haben. Und nachdem ich gesagt habe, eher habe ich Angst, einen Abbruch zu bereuen, hat sie gefragt, was ich glaube, dass ich dann bereuen könnte. Sie wollte wissen, ob ich in irgendeine Richtung tendiere, ob mein Bauch etwas anderes sagt als mein Kopf.

In Wien ist es einfach, Hilfe zu bekommen. Die Entscheidungsberatung, gratis, auch die Pest-und-Cholera-Psychotherapeutin in einem anderen Privatambulatorium, gratis, beide Termine innerhalb von kürzester Zeit. Es ist nicht falsch, in dieser Stadt zu leben. In anderen Ländern sind solche Beratungen verpflichtend, und das ist noch das geringste Übel. In anderen Ländern muss eine Frau sich die Herztöne des Fötus anhören, bevor der Abbruch durchgeführt werden darf. Ich hoffe, es gibt dort Ärzt*innen, die auf das Gesetz pfeifen. In vielen anderen Ländern müssen Frauen, die über ihren Körper bestimmen wollen, darauf hoffen, Ärzt*innen zu finden, die auf das Gesetz pfeifen. Und selbst bei uns, in diesem guten Land, sind die Möglichkeiten in der Provinz (was in Österreich, wie jeder Mensch weiß, alles außer Wien ist) eher karg. Da kann ich froh sein, dass mich das Schicksal nicht etwa im Südburgenland ausgespuckt hat, wo weit und breit weder Beratungen noch medizinische Eingriffe verfügbar sind und der öffentliche Verkehr nicht viel mehr ist als eine gute Idee. Heute bin ich mit dem Fahrrad zwischen zwei Arbeitsterminen (ich arbeite ja auch noch, nebenbei) zum Fleischmarkt in die Innenstadt gefahren, übrigens ein interessanter Straßenzug, vor allem der leerstehende Schwindhof hat es mir angetan. Ich wurde zwar nass, aber das ist harmlos im Vergleich zu der Vorstellung, dass mir jemand, nachdem ich im Sündenpfuhl der Sexualität »nicht richtig aufgepasst« habe, »Fleischmarkt« als fernen Mythos ins Ohr flüstert, zu dem ich alsdann einen Canossagang anzutreten hätte. Es ist nicht falsch, in dieser Stadt zu leben, die sich mir nicht anbiedert, aber da ist, wenn ich sie brauche.

Davor, als Alex und ich uns zu Hause getroffen haben, meinte er, »weißt du, wenn wir das mit dem Abbruch nicht schaffen, dann ziehen wir das eben durch. Das Leben ist sowieso irre, das schaffen wir auch noch.« Ich meinte, dass ich vor allem Angst hätte, dass unsere Beziehung einen Abbruch nicht verkraften würde.

Weil ich über Jahre hinweg das Gefühl hatte, meine Bedürfnisse kämen viel zu kurz, würden nicht wahrgenommen und nicht ausgelebt, könnten nicht einmal formuliert werden. Ich mache Alex daraus in hellen Momenten keinen Vorwurf, er trägt keine Schuld, dass ich mich nicht wichtig genug nehme, meine Bedürfnisse überhaupt zu formulieren, aber nachts – und vorgestern war so eine Nacht – bin ich gurkensauer auf ihn und verrenne mich in der Idee, dass er über Jahre hinweg, wie mir in so einer Nacht scheint, nie für mich da war. Ich habe mir schon oft vorgenommen, die destruktiven Impulse der Nacht gar nicht zuzulassen, aber das hier ist jetzt ein Zustand, in dem ich mich kaum unter Kontrolle habe. Dabei haben wir versucht, Liebe aus ehrlichem Beton zu mischen, wir waren ganz kurz zusammen, als ich ihm sagte, ich möchte auf jeden Fall Kinder, irgendwann. Und er sagte, er wolle keine Kinder. Aber wenn, dann mit mir. Als er Vater wurde, war er wie eine Mutter.

Nur jetzt gerade, in diesem totalen Drama, habe ich keine Großzügigkeit, zwischen Abbruch oder nicht gibt es nur ein Dilemma. Daraus wachsen Wut und Verzweiflung.

Eines der größten Probleme mit dieser Entscheidung: Ich habe mir lange ein weiteres Kind gewünscht, dann wollte ich es nicht mehr, nun könnte ich es doch wollen, und Alex, dieser liebevolle Vater, kann man ihm das antun wollen? Ein ziemlicher Brainfuck.

Bei der Entscheidungsberatung habe praktisch nur ich gesprochen, sämtliche Fragen wurden mir gestellt, Alex war Zuhörer, fast eine Randfigur. Natürlich: Die Frau entscheidet über ihren Körper, das ist fix, denn jeder Mensch muss das Bestimmungsrecht über den eigenen Körper haben, und das ist nicht nur eine feministische Haltung. Es ist aber sehr wohl eine ganz zentrale Forderung im Feminismus, dass der Mann als Vater die Konsequenzen dieser Autonomie mitträgt. Ob er ein Kind bekommt oder nicht, entscheidet trotzdem die Frau. Gut, ganz unschuldig wird niemand zum Vater.

Ich habe einmal während einer philosophischen Veranstaltung, bei der es um die Hölle ging, beim Rauchen einen Türsteher kennengelernt, der mir sagte, er werde sich einer Vasektomie unterziehen, denn er hasse Kinder, er hasse alle Kinder, und er habe außerdem keine anderen aspirations (so sagte er) im Leben, als Türsteher bei dieser philosophischen Veranstaltung zu sein. Ein Mensch, der weiß, was er will, das kommt mir nicht so oft unter.

Alex meinte nach der Entscheidungsberatung, nun sei ihm zum allerersten Mal bewusst geworden, dass das definitiv wäre, dass wir, wenn wir nun abbrechen, wirklich kein Kind mehr bekommen würden. Als Mann hätte er ja nie dieses Bewusstsein entwickeln müssen, dass es irgendwann nicht mehr gehe, aber nun sei ihm eben konkret bewusst geworden, dass es dann damit vorbei sei (weil er, das hat er nicht dazugesagt, aber das weiß ich, nicht damit rechnet, mit einer anderen Frau ein Kind zu bekommen, obwohl das praktisch und technisch kein Problem wäre).

Ich bin für die Möglichkeit des Schwangerschaftsabbruchs, aber für mich selber ist er nie in Frage gekommen. Ich war noch ganz jung, ich habe mich schon in der Schulzeit, kann ich mich erinnern, selbst als Frau mit Kindern gesehen, in der Zukunft natürlich, denn es gab damals und über die Schulzeit hinaus kaum eine größere Angst, als schwanger zu werden (jeden Monat konnte diese Angst auftreten, ein Horror!). Aber das Bild war immer da, ich, irgendwann mit eigenen Kindern, als Mutter, ich habe das nicht hinterfragt. Nie habe ich mich gefragt, ob so eine Mutterschaft mit meinem Bedürfnis nach Freiheit, nach Unabhängigkeit, nach Spontaneität vereinbar wäre. Ob ich als Individuum weiterexistieren könnte. Auch als ich mit Luis schwanger war, war für mich klar, ich bleibe die Gleiche. Aber wer ist die Gleiche? Zu wem werde ich, wenn meine Bedürfnisse brachliegen, wenn ich die eigenen Wünsche nicht mehr erfüllen, sie mir nicht einmal mehr eingestehen kann, wenn ich mit Rollenbildern bombardiert werde, wenn das Leben anders wird und mich zu einer anderen formt? Es ist mir sehr lange sehr schwergefallen, zu akzeptieren, dass sich das Leben mit Kind und der Mensch, der das Kind bekommt, verändern. Absurd.

Vor etwas über einem Jahr diagnostizierte eine chinesische Ärztin meine Seele als »nicht angstfrei« und räucherte sie daraufhin aus (wovon ich Kribbeln in den Fingern bekam). Sie sagte mir, dass das, was ich täte, hauptsächlich zu schreiben nämlich, »seelenadäquat« sei. Außerdem sagte sie, ich hätte immer Kinder um mich gehabt. Ich war verdutzt, dachte an meine spärlichen, lähmenden Erfahrungen als Au-pair oder als Babysitterin, dachte an die Partys, auf die ich nicht gegangen bin, weil explizit Kinder eingeladen waren. Aber, so stellte sich heraus, ich hatte nicht weit genug gedacht. In all meinen »früheren Leben«, sagte die Ärztin, hätte ich immer schon Kinder um mich gehabt. Es beruhigt mich und meinen zweifelnden Geist bis heute, dass in mir eine Seele wohnt, die »immer schon« Kinder um sich hatte.

Anders als viele hatte ich nie einen Kinderwunsch. Ich hatte eine Kindergewissheit. Nur dumm, dass ich auch noch jenen Teil meiner exzentrischen Seele zu befrieden habe, der immer schon mit Worten gehandelt, der immer schon geschrieben hat.

Ich weiß, dass Kinder meinen Bewegungsradius auf eine Art einschränken, die mir sicherlich nicht guttut.

Auf die Frage, ob ich mir vorstellen kann, noch zwei Kinder zu bekommen, kann ich nur positiv antworten. Ich kann es mir vorstellen, ich hatte das Bild immer vor

Augen, und ich würde vielleicht sogar glücklich sein, weil Kinder glücklich machen. Punkt. Zu sagen, Kinder machen unglücklich, ist nicht erlaubt. Gleichzeitig musste ich auf die Frage der Entscheidungsberaterin auch antworten, dass ich weiß, dass ich mich auch mit einem Kind sinnlos fühlen kann. »Die schönste und herausforderndste Aufgabe« stand auf einer Glückwunschkarte, die ich zu Luis' Geburt bekam. Herausforderndst, kaum zu artikulieren, dieses Wort.

Manchmal muss ich an ein Gespräch denken, das ich mit Pensionistinnen geführt habe, die sagten, es sei ein Nullsummenspiel. Ich verstehe nach wie vor nicht ganz, was sie damit gemeint haben, vielleicht, weil Vergleiche immer hinken und mathematische Vergleiche in Bezug auf Gefühle lahmen. Aber ich arbeite daran. Diese Frauen sagten, sie seien mit ihren Kindern glücklich gewesen und könnten sich nicht vorstellen, diese Kinder nicht zu haben, aber hätten sie sie nicht, sie würden ihnen nicht abgehen. So ist es auch bei uns: Wenn wir die Kinder nicht bekommen, werden wir nie erfahren, was uns dadurch entgangen sein könnte. Wir werden nur das kennen, was uns glücklich (oder unglücklich) gemacht haben wird.

Daher, meinte die Entscheidungsberaterin, sollte ich meine Entscheidung irgendwann einmal bereuen, in zehn Jahren, in zwanzig Jahren (was für eine entfernte Vorstellung!), dann müsste ich mir ganz konkret vor Augen führen, was damals die Gründe gewesen wären. Deswegen muss ich protokollieren, minutiös.

Auf die Frage, was ich an der Entscheidung für einen Abbruch bereuen könnte, ist mir nicht wirklich viel (Substantielles) eingefallen. Ich habe nur wiederholt, dass ich mich sicher auch mit Kindern sinnlos fühlen kann. Was hat diese Entscheidung überhaupt mit Sinn zu tun? Warum herrscht die Annahme vor, Kinder seien sinnstiftend? Tatsächlich ist es so: Kinder machen Arbeit, Neugeborene, Säuglinge, Babys müssen betreut werden. Dass ich während dieser Tätigkeiten nachdenke, mir die eine oder andere Frage stelle, könnte für mich zu einem Problem werden. Kinder füllen die Zeit aus, mit Sinn muss ich sie selber füllen. Ich kann mir allerdings auch vorstellen, dass ich mit zwei Kindern in den ersten Jahren gar nicht bis zu dieser Sinnfrage komme. Sondern vorher einschlafe.

Während alle anderen saufen, habe ich nicht das geringste Bedürfnis nach benebelnden Substanzen. Einordnen unter: wofür ich der SS dankbar bin.

Sicher ist, dass ich sehr ehrlich sein möchte, mit mir und dieser Entscheidung. Das ist nicht einfach, denn Ehrlichkeit lässt niemand leichtfertig zu, die inneren Zwänge und Ängste sind oft stärker. So habe ich das Gefühl, ein Abbruch wäre egoistisch, während die Entscheidung, die Kinder zu bekommen, eher altruistisch, also besser, wäre. Man soll nicht nur an sich selber denken, habe ich als Kind oft gehört und verinnerlicht (verdammte Scheiße, wer hat mir diesen Blödsinn beigebracht?). Aber auf wen nimmt man, auf wen nehme ich Rücksicht, wenn ich Kinder bekomme? Warum sollte es selbstlos sein, Kinder zu bekommen? Es fällt mir schwer, diese Fragen zu beantworten. Es sind vielleicht die falschen. Ich weiß es nicht. IDK.

Was die anderen Fragen betrifft: Als mir gedämmert ist – es dämmerte mir über Tage hinweg –, dass ich schwanger bin, war ich zunächst fast indifferent, dann ist es eben so, es war ja nicht gewollt, es ist passiert – so sagen viele, »es ist passiert«, als wäre eine Schwangerschaft das Ergebnis von höherer Gewalt.

Und so war das auch für mich: Es war mir fast recht, dass für mich entschieden wurde. Ich hatte wirklich das Gefühl, ich kann annehmen, was auch immer ist, aber überwogen hat doch, es als vorübergehenden Zustand zu betrachten. Ein bisschen schwanger sein, im Herbst, spätestens im Winter ist es wieder vorbei. Das Leben hat entschieden.

Wirkliche starke Zweifel kamen mir, als mir vor Augen geführt wurde, was alles schwierig sein könnte, und als ich, die ich die Zukunft immer rosig sehe, mich gegen meinen Impuls sträuben musste, zu beschwichtigen, so schlimm könne und würde das alles schon nicht werden. Denn was mir ebenso dämmerte, war die Möglichkeit einer herannahenden Überforderung.

Heute bin ich voller Drama.

Dass ich mir vorstellen kann, in einem Jahr mit zwei weiteren Kindern dazustehen (oder liege ich dann nur mehr?) und das auch bewerkstelligen zu können, liegt nur daran, dass ich mir fast alles vorstellen kann, was noch nicht eingetreten ist. Jede Vorstellung ist ohnehin trügerisch, weil sie nie der Realität entspricht. Insofern kann sie keine Größe sein, die meine Entscheidung beeinflusst. Nur das: Unter welchen Bedingungen ich mir vorstellen könnte, die beiden Kinder zu bekommen (ich kann mich an den Wortlaut nicht mehr erinnern), ist einfach zu beantworten: ein Kindermädchen, kann auch ein Kinderbub sein, eine Wohnung, in der genügend Platz ist, irgendwer, der putzt, einkauft und kocht, dann wäre das machbar. Aber wer wird das bezahlen?

Das Seltsame ist, dass mir die Schwangerschaft viele meiner Ambitionen nimmt. Mir war das auch als Nicht-Schwangere bewusst, auch deswegen wollte ich das mit dem Kinderkriegen sein lassen. Ich wollte die Ambitionen, die ich hatte, nicht verlieren. Die Kanäle nicht mit anderen Beschäftigungen verstopfen. Mir scheint, Alex und ich haben zu wenig miteinander geredet. Obwohl wir ständig reden.

Mein Bauch sagt wenig anderes als mein Kopf, habe ich gestern auf diese komische Frage geantwortet. Ob das stimmt, weiß ich nicht, das Bauchgefühl schwankt (und der Kopf auch). Aber ich glaube, das Bauchgefühl sagt Nein. Nicht bekommen. Allerdings denkt kein Bauch (schon gar kein voller). Es ist fürchterlich kompliziert.

Was mich noch beschäftigt, ist die Frage, ob ich zu einer Frauenärztin gehen soll, um einen Ultraschall zu machen. In einem der Zwillings-SS-Foren hat eine Frau geschrieben, sie habe sich eine US-Flatrate gekauft, das komme günstiger. Ob es mir im Angesicht eines US gelingt, eine Entscheidung zu treffen? Und dann gibt es eine kleine innere Hoffnung, dass vielleicht eh nicht alles in Ordnung ist.

Im Übrigen: Wo im Internet stehen eigentlich die Antworten? Ich finde dort nur Probleme.

SSW 9+1

Wir waren bei einer Frauenärztin. Es hat mich einen ganzen Tag gekostet, eine Ärztin zu finden, die Zeit und bei der ich das Gefühl hatte, mit meinem Anliegen aufgehoben zu sein. Wobei ich natürlich nicht wusste, worauf ich mich einlasse, die Sache ist immer ein Minenfeld. Als ich vor einem Jahr, damals, als ich kurz schwanger war, in der Provinz bei einer Frauenärztin war, sagte mir die Sprechstundenhilfe, dass der pensionierte Vorgänger weiterhin Abbrüche durchführen würde. 600 Euro und ich sei dabei. Macht der das bei sich zu Hause in der Küche? Unmöglich, nicht an Großmutters Stricknadeln zu denken.

»Sie haben also ein Entscheidungsproblem«, sagte die gestrige Ärztin munter. Alex war auch dabei. Wir haben viel geredet. Innerhalb von kurzer Zeit meinte sie, sie hätte sich schon ein Urteil gebildet und würde uns das mitteilen, wenn wir uns mithilfe des Ultraschalls konkret ein Bild gemacht hätten. Dabei sind es sehr unkonkrete Bilder, die im Ultraschall entstehen, auf Thermopapier gedruckte Halbkreise, die ausschauen wie zu lange der Sonne ausgesetzte Schallplatten. Konkret zeigen diese Bilder überhaupt nichts. Soll ich sie rückwärts abspielen, um die Botschaft zu verstehen? Eventuell haben wir kein Entscheidungsproblem, sondern ein Koordinationsproblem zwischen Herz und Verstand.

Das Problem, vielleicht ist es auch kein Problem, sondern das, was uns staunen lässt: Wir sehen nicht das, was vor uns ist – die Abbildung von Zellhaufen auf Thermopapier –, sondern das, was vor uns liegt, die Zukunft. Was daraus werden kann: Menschen. Würden wir die Zukunft nicht sehen, es wäre ein Leichtes, einen Abbruch zu machen. Würde uns nicht gesagt werden, es gäbe Leben, zwei Leben, ein Herz, zwei Herzen. Würde uns gesagt werden, es sind Dottersäcke, könnten wir sie einfach entfernen. In Serbien, meinte die Ärztin, sei Abtreibung ein normales Kontrazeptiv. Steile Aussage. Überprüfen lässt sie sich freilich nicht. Und überhaupt, was habe ich davon?

Da musste ich an Marina Abramović denken, die in ihrer Autobiographie schreibt, sie hätte drei Schwangerschaften abgebrochen, weil sie nie Kinder wollte. Ihr Leben sei die Kunst. Kinder wären eine Last. Die Kunst-Welt ist erstaunlich zäh und konservativ, was Familienrollen betrifft. Marina Abramović ist der Ansicht, dass Frauen in der Kunst nicht so erfolgreich sind wie Männer, weil die Frauen nicht bereit sind, das Dreigestirn Liebe, Familie, Kinder zu opfern. Da ist er wieder, dieser Chauvi-Feminismus: Die Frau ist selbst schuld. Sie muss sich ändern, ihre Häuslichkeitsideale (die sie sich natürlich selbst ausgedacht hat) opfern, um in der Welt zu reüssieren (in der wichtigen Welt draußen; zu Hause, das ist mehr so eine untergeordnete Unwichtigkeitswelt mit Kindergeschrei und Bröseln). Kunstschaffen und Kinderkriegen sind für die meisten Menschen nicht zusammenzudenken. Weil Freiheit und Kinderkriegen nicht zusammenzudenken sind. Künstlerin und Mutter, vor allem Mutter von mehr als einem Kind, das ist praktisch Surrealismus. Eine Künstlerin, die Mutter wird, das ist, wie beim Slalom ein Tor auszulassen: Disqualifikation. Der Kunst-Macho, der in einem akklamierten, überstilisierten Ego-Trip große Werke schafft, der darf seinen Samen möglichst weit verstreuen, aber für die Frau als Künstlerin gibt es kein entsprechendes Bild. Erfolgreiche Künstlerin mit drei Kindern? Träum weiter! Der Mann, der erfolgreicher Künstler und Vater sein will, braucht auch jemanden, der ihm »den Rücken frei hält«. Ganz generell ist das moderne Leben kein Brutpflegebetrieb. Erfolgreiche Arbeit verlangt Ausschließlichkeit, vollen Einsatz, Flexibilität, Teamgeist, den ganzen Schmafu. Sobald der Arbeit etwas übergeordnet wird, sobald man, eigentlich eine Frau, etwas ab- oder gar nicht erst zusagt, weil sie auf die eigenen Kinder schaut, ist ihre Aussicht auf Erfolg schwer getrübt. Es ist eine traurige Vorstellung von Leben.

Die Abramović soll, nebenbei bemerkt, machen, was sie will, das ist mir egal. Zwischenzeitlich hatte sie einen Hund.

Draußen regnet es, eigentlich ist es recht gemütlich, gegenüber an der Litfasssäule klebt ein Bild von Ute Lemper (tanzt die nicht Cancan?), das Musical »Grease« wird auch beworben (das ist doch uralt!) und ein großes Plakat von einer mit tiefem Dekolleté zwischen zwei roten Vorhängen neckisch herausgrinsenden Frau, darunter steht »Gypsy« (ist das weniger diskriminierend als »Zigeunerin«?). Aber vielleicht tut sie nur so, fürs Bild, als Behauptung. Letzte Nacht, als ich mit Alex telefoniert habe, ist ein Männchen die Straße entlanggetorkelt. Es hatte größte Probleme, am Gehsteig zu bleiben. Dann hat es sich an der Schule angelehnt, an der sich schon so viele Betrunkene angelehnt haben. So ist sie immer für was gut, die Schule.

Zuerst kam Alex mit ins Untersuchungszimmer, es sei etwas ganz Normales sagte die Frauenärztin, was auch immer sie damit meinte. Sie fragte Alex: »Waren Sie schon einmal dabei?« Er bejahte, sagte dann aber, als ich kurz davor war, auf den Stuhl zu steigen, er gehe doch raus, er könne das nicht. Ich hab's verstanden. Als er draußen war, behauptete sie, im Grunde sei ich doch besonders stolz auf mich, dass ich nun tatsächlich noch Kinder bekäme. Ich weiß nicht, wie sie auf diese Idee kam, ich bin darauf überhaupt nicht stolz. Eher verwundert. Erstaunt. Was ist das bitte für eine Leistung, schwanger zu sein?

Nach dem Ultraschall sagte sie, es sei alles wunderbar. Sie sähe keinen Grund, sich Sorgen zu machen. Natürlich, meinte sie, könne man keine Aussage über mögliche Komplikationen treffen, ich sei ein Individuum und für ein Individuum gäbe es keine Statistiken. Aber 97 % der Kinder kämen gesund auf die Welt. Oder waren es 93 %? Ich weiß es nicht mehr. Ich kann mir Zahlen, die mich als Individuum nicht betreffen, nicht merken.

Danach hat Alex über seine Sorgen gesprochen, über seine Unzulänglichkeit, die bereits jetzt darin bestehe, Luis nicht gerecht werden zu können. Ihn unfair zu behandeln, weil er, Alex, Situationen in seiner Ungeduld oft nicht gewachsen sei. Er hat berechtigten Grund zur Sorge, dass das mit zwei weiteren Kindern schlimmer wird. Und dass wir Luis dann vernachlässigen. Das ist seine große Sorge, dass Luis auf der Strecke bleibt. Die Frauenärztin meinte, Luis werde sich riesig freuen. Ich bin mir da nicht ganz so sicher.

Wir sind Individualisten unter sich, dabei eine ganz gut eingeschworene Dreierpartie: Papa, Mama, Luis, der, als er sich sprachlich mitteilen konnte (und er hat sich sehr früh sprachlich mitteilen wollen), meine Aufforderungen oder erzieherischen Maßnahmen mit dem Satz »Jeder entscheidet für sich selbst« vom Tisch fegte. Um still und stundenlang seinen eigenen Beschäftigungen nachzugehen. Wenn ich mir jetzt vorstelle, da kommen noch zwei dazu, sehe ich es als etwas, das uns dreien widerfährt, als etwas, mit dem wir als Gruppe zurechtkommen müssen. Ich kann mir jetzt noch nicht vorstellen, dass wir die zwei aufnehmen in unsere Gruppe, sondern, dass wir uns um sie kümmern. Die Karten müssten neu gemischt werden, wir müssten uns erst zusammenraufen. Wir wissen ja überhaupt nicht, wes Geistes Kinder da daherkommen.

Gleichzeitig steigt bei mir gerade die Sorge, dass das, was ich mir gewünscht habe – ein natürlicher Abgang –, tatsächlich eintritt. Ich sitze hier in meiner heiligen Ruhe, ich schreibe, ich schaue aus dem Fenster, ich bin bei mir, niemand stört mich, der Tag ist ganz jung und noch frisch, keine störenden Einflüsse (da reicht schon ein simpler Anruf oder ein SMS). Was erledigt werden muss, hat viel Zeit, weil der Tag noch lange ist. Und dann stelle ich mir vor, irgendwo hinter mir liegen zwei Säuglinge, tickende Zeitbomben, die jederzeit hochgehen können. Ich kann mich so gut erinnern an dieses Gefühl, wenn Luis endlich geschlafen hat, vormittags gegen zehn hat er meistens geschlafen, und ich war so erleichtert und habe nur gehofft, dass er möglichst lange schläft. Aber ich wusste nie, wann die heilige Ruhe wieder gestört wird. Oft war es zu früh. Just, wenn ich in einem guten Gedanken war. Der Kaffee gerade fertig. Dennoch spüre ich, dass es bleiben soll, dass wir diese noch fernen Kinder bekommen sollen und alles gut sein wird.

In einem Internet-Protokoll auf einem der unzähligen Schwangerschaftsportale (auf denen ausschließlich Frauen posten, deren sehnlichstes Verlangen die Mutterschaft zu sein scheint) hat eine Frau geschrieben, es sei ein Wahnsinn, dass der nächste Ultraschall erst in drei Wochen sei, sie halte das nicht aus. Hätte sie ein Ultraschallgerät zu Hause, sie würde mehrmals täglich nachschauen, was mit ihren Dottersäcken los sei. »Dottersäcke« schreibe ich, die Frauen in diesen Foren bezeichnen die Zellformationen in ihren Körpern als Knirps und Süße und Murmel und Minimaus und Krümel und andere Sachen, die ich mir nicht merke. Ohne Frage, diese Internet-Posterin braucht eine US-Flatrate, ein Überwachungsabo für Helikopterschwangere.

Meine Haut ist ganz glatt und nie trocken. Mir fallen auch weniger Haare aus und sie glänzen. Mein Busen ist dafür bombastisch. Und der Bauch gebläht, ich lasse die grässlichsten Fürze. Es liegt angeblich am Testosteron, aber das ändert nichts, woran auch immer es liegt, es ist extrem grauslich.

Aufgrund dieses Blähbauchs fand ich am Samstag, dass ich schon sehr schwanger aussähe. Alex sprach da schon seit Tagen von zwei Krautköpfen, die wir noch hätten, und ich sagte ihm immer wieder, dass ich ganz sicher kein Kraut essen könne, allein bei der Vorstellung würde mir kotzübel. Maximal, sagte ich ihm, würde ich Krautfleckerl vertragen. Die hat er dann gemacht, ich habe sie auch nicht vertragen. Mein Bauch ist ungesund aufgegangen und hat entsetzlich gezwickt. Als Gegenmaßnahme habe ich, während Alex und Luis und ein paar andere im Kino waren, Torte und Strudel gekauft.

Tatsächlich wurde ich geoutet, natürlich von einem Mann, ich kann mir kaum eine Frau vorstellen, die das machen würde. Ich war bei einem Fest, stand eher untätig herum, hörte mir diverse work-related Raunzereien an – Innovationsmangel, Zeitmangel, Reisestress, Druck, Überlastung, unfähige Vorgesetzte (selten sind es die Fähigen, die Chefs werden), Dinge, über die alle raunzen, die einen Job haben. Irgendjemand hat mit irgendetwas angegeben, eine andere einen guten Schmäh gemacht, die Gespräche sprangen herum. Ich warf in die Runde, dass ich kein Familienleben mehr führen wolle, und wurde mit einer Geschichte über eine Scheidung belohnt. Da kam ein alter Bekannter, er lebt in Dresden, mit ihm habe ich nicht gerechnet, ich habe mich gefreut. Und gerade, als wir beschlossen, uns einen Drink zu holen, meinte er: »Du hast doch schon ein Kind, oder? Das ist jetzt das zweite?«

Ich war geschockt, eine Freundin fragte: »Weiß ich da etwas nicht?« Ich habe mich umgedreht, gemurmelt, dass ich nicht darüber rede, und bin gegangen. Der Bekannte, der mich geoutet hatte, kam kurz darauf zu mir, um sich zu entschuldigen. Da hätte ich noch sagen können: »Passt schon, ich hab im Sommer zugenommen« oder so etwas. Aber warum soll ich lügen, wenn ich nur über etwas nicht sprechen will? Im Grunde ist es mir auch egal, diese Geheimniskrämerei ist ohnehin wahnsinnig nervig (mittlerweile denke ich mir, einen Abbruch hätte ich in der fünften, sechsten Woche machen müssen, jetzt habe ich diese nervenaufreibende Geheimnis-Unsicherheits-Phase bald hinter mir, da wäre es dumm, dafür nicht mit Kindern belohnt zu werden). Daher hab ich ihm gesagt, dass er eh recht hat, und er meinte daraufhin, er erkenne das am Rücken. Genau, am Rücken. Und dass ihm das schon einmal passiert sei mit einer Freundin. Aus dieser Erfahrung hat er offenbar nicht gelernt, dass keine Frau die Frage gestellt bekommen möchte, ob sie schwanger ist. Außer sie ist total offensichtlich schwanger und dann muss sie nicht mehr gefragt werden. Wie auch immer, ich habe ihm die Misere kurz dargestellt, und wir sind rauchen gegangen.

Danach hab ich mich der Geschichte vom Scheidungsfall gewidmet. Die gemeinsamen Kinder sind je drei Tage da und drei Tage dort, fürs Erste. Die Wohnung jetzt allein zu bezahlen, das sei natürlich wahnsinnig teuer. Zu Weihnachten sind die Kinder mit der Mutter und er, der Vater, werde auf Ayurveda-Kur fahren, drei Wochen, allein in einem Bambusbaumhaus (ich bin nicht sicher, ob es Bambus war, auf alle Fälle ein Baum). Er wäre doch nicht verrückt und würde zu Hause in der Provinz bei seiner Herkunftsfamilie feiern. Das verstehe ich, es ist recht sinnlos, Weihnachten mit Christbaum und Kerzen und Geschenken ohne Kinder zu feiern. Da ist ein Bambusbaumhaus die bessere Option.

Während ich mich anschließend mit jemand anderem über das Unbill von Wochenendarbeit unterhalte, wobei auch die schöne Formulierung »die größte Herausforderung ist das Herunterkommen« fällt, erinnere ich mich an meine Brustwirbelsäulen-Verkrampfung vor zehn Jahren, als ich niedergebügelt von Schmerztabletten in Alex' Bett lag (tagelang ging er seiner Wege, und wann immer er wieder kam, lag ich da in seinem Bett). Am Anfang, im Krankenhaus, als ich praktisch keine Luft mehr bekam, wollte ich mich aufrichten, ich biss die Zähne zusammen, spannte die Bauchmuskel an (»entspannen Sie den Schwarzenegger-Sixpack«, sagte ein Pfleger). Und auch, als wir nach Hause kamen, wollte ich immer aufstehen, stärker sein als mein eigener Körper. Es war eine neue Erfahrung, dass ich es nicht bin. Jetzt kommt mir der Gedanke, dass so eine Geburt, genauso wie schon die Geburt von Luis, mich beflügeln könnte, radikaler meiner Begabung zu folgen.

Langsam sind alle betrunken, ich bin zu nüchtern für die Gespräche und gehe nach Hause.

Ich liege die halbe Nacht wach, dazwischen stehe ich auf, um zu weinen. Ich fühle mich entsetzlich allein mit meinen Gedanken. Ich bin erschöpft. Natürlich muss ich allein über meinen Körper entscheiden, über das, was ich mit diesem Körper mache, aber die Konsequenzen, die müssen wir zu zweit tragen. Alex meint, sein Herz sage, dass wir die Kinder bekommen sollen, sein Hirn sage, es ist unmöglich.

Am nächsten Morgen, es war Sonntag, haben wir sehr gestritten. Schwer zu sagen, worüber.
Luis fragte: »Diskutiert ihr schon wieder?!«
Ich sagte: »Ja, der Papa ist ein Idiot.«
»Das ist nicht sehr höflich«, sagte Luis. Ich musste ihm recht geben.
»Jetzt muss ich mich entschuldigen«, sagte ich zu ihm.
Es wurde sehr zum Verzweifeln. Bis gestern Vormittag.
Da hab ich nur mehr geheult.

Heute könnte ich die ganze Zeit rauchen. Aber ich tu's nicht die ganze Zeit.

Wir haben dann in diesen entsetzlich dumpfen, schweren Gesprächen doch wieder zueinandergefunden und waren uns einig, dass wir diese entsetzlich dumpfen, schweren Gespräche nicht mehr wollen. Alex hat angeführt, dass es doch bemerkenswert sei, dass er die Möglichkeit habe, am Montagvormittag hier auf dem Sofa zu sitzen und solche Gespräche zu führen, andere müssten arbeiten. Ich meinte, dass es mir eigentlich lieber wäre, diese Möglichkeit nicht zu nutzen und stattdessen zu arbeiten. Auch darüber waren wir uns einig.

Und wir zogen die Möglichkeit in Betracht, einander mit mehr Ruhe und Respekt zu begegnen. Ich könnte es mir zum Beispiel sparen, ihn dafür zu beschimpfen, dass er ein falsches Waschmittel kauft. Das ist wirklich jämmerlich. Denn was ist das richtige Waschmittel und wodurch unterscheidet es sich vom falschen?

Vielleicht, und auch das haben wir gemeinsam formuliert, ist all das eine Möglichkeit. Eine Möglichkeit, alles gut werden zu lassen. Egal, was wir entscheiden, das Blatt wendet sich. Ab jetzt kaufen wir nur mehr das richtige Waschmittel.

Alex meinte gestern Abend am Telefon, vielleicht sollten wir doch noch irgendwo bei einer Stelle anfragen. Ich verstand zuerst nicht, was er meinte. Mit jemandem reden, die die Erfahrung schon gemacht hat, die uns sagen kann, wie es ist. Aber woher bekommen wir so jemanden? Die, die einen Abbruch hinter sich haben, reden nicht oder wollen nicht darüber reden, und die anderen, die ohnehin reden, brauchen wir nicht. Es gibt eine Schweizer Website mit sehr vielen Abtreibungsprotokollen. Sehr ausführlich, klein geschrieben, gar nicht schlecht. Es stellt sich heraus: alles ist sehr individuell, keine Geschichte vergleichbar. Natürlich, es gibt Geschichten von bösen Eltern oder Schwiegereltern, von Missbrauch und Gewalt, es gibt die, die schreiben, »ich bin noch so jung, später einmal will ich sicher Kinder«, es gibt Frauen, die schon zwei Kinder haben, »mir reicht das«. Ich habe einen Bericht gelesen von einer 40Jährigen, die schreibt, sie habe bis zur neunten Woche gehadert, dann aber einen Abbruch gemacht: »wir sind unabhängiger und auch mit unserer sieben Jahre alten Tochter sind wir eine schöne Familie.« Sie hofft, dass irgendwann die Zweifel aufhören. Aber es war wirklich nichts dabei, was mir bei meiner Entscheidung geholfen hätte.

Es gibt niemanden, der uns sagen kann, wie wir uns entscheiden sollen.

Als ich Alex von diesen Berichten erzählt habe, hat er mir gesagt, dass es gar keine Berichte von Männern gäbe.

Nun habe ich das Internet nach »Abtreibungsberichte Männer« durchsucht und bin ohne Umwege auf einer christlichen Seite gelandet. Da wird Männern Hilfe angeboten, die nach einer Abtreibung eine posttraumatische Störung haben (kommt oft vor, steht da). Auf der zweiten Website, die ich anklicke, lese ich: »Obwohl Pro-Lifer ihr Möglichstes taten und sämtliche Gebetsketten aktiviert wurden, hat sich Frau T. schweren Herzens für die Abtreibung entschieden, die sie bereits beim Aufwachen aus der Narkose bitterlich bereute.« Derartige Dinge spült das Internet zum Thema Abtreibungsberichte Männer nach oben.

Nun finde ich doch noch einen Artikel, in einer seriösen (so sagt man) deutschen Zeitung. Darin geht es um einen Mann, dessen Frau ihre Schwangerschaft abbrechen will, es wäre ihr viertes Kind. Das dritte ist erst knapp über ein Jahr alt und sie hat gerade abgestillt. Ich find's beachtlich, dass die beiden Sex haben. Er freut sich riesig (über die Schwangerschaft). Das ist jetzt nicht das Beispiel, nach dem Alex gesucht hat. Im Text kommt das Wort Tabuthema vor, gut, das drängt sich auf. Und dann steht da etwas von Abtreibungsgegnern. Die sind tatsächlich der helle Wahnsinn. Aber die Rolle der Männer, so einfach ist die nicht. Es soll Männer geben, die gerne Väter sind. Und es soll auch Männer geben, die gerne Väter werden wollen. Wo bleiben die mit ihrem Schmerz, wenn ein von ihnen gezeugter Fötus entfernt wird? Wenn ihr Kinderwunsch weggemacht wird? Männer, heißt es, haben auch

Gefühle (»Durst zum Beispiel«, steht bei meinen Eltern auf einer kleinen Plakette am Klo). In der Schwangerschaftsabbruchs-Sache wird ihnen tatsächlich nicht viel mehr zugestanden.

Gut, das nun ist nicht unser Problem.

Alex ist gerne Vater, obwohl er es nie wollte.

Ich bin Mutter und ich habe Angst vor den Konsequenzen in der Zukunft.

Alex erzählt mir, er hätte als Kind ISI-Kapseln eingesaugt. Ich bin beeindruckt und frage ihn, ob er dann voll auf Schlagobers war.

SSW 9+2

Ich schlafe kaum. Und wenn, dann extrem schlecht.

Jetzt bin ich ganz gut drauf.

Alex ist am Land, in seiner Provinz. Nachts konnte ich ihn nicht erreichen und mich auch nicht damit beruhigen, dass irgendetwas Harmloses ihn daran hindert, erreichbar zu sein. Ich war schließlich sicher, dass er in die Balkontür gerannt und so ungünstig nach hinten gefallen war, dass er mit dem Hinterkopf am Balkongeländer aufgeschlagen ist und nun hilflos in seinem eigenen Blut liegt.

Mittlerweile kann ich nachvollziehen, was die Psychotherapeutin meinte, als sie sagte, man solle, nein: wir sollten nach einem Schwangerschaftsabbruch die Kinder, ja, sie sagte »die Kinder« begraben. Allerdings meinte sie es buchstäblich.

Tatsächlich ist mir klar geworden, dass, wenn ich das tue, ich auch Vorstellungen von mir selbst begraben muss, von dem, was ich glaube zu sein, was mir vorgegeben wurde, was ich ab- und zurückweisen müsste. Es hilft, sich die vorgezeichneten, die nicht ganz eigenen, aber zu eigen gemachten Wege ins Bewusstsein zu rufen. Zumindest versuche ich das. Ganz klar wird mir jetzt nicht, was das Eigene ist, und was die Kultur, das Aufwachsen, die elterliche Prägung mir eigen gemacht haben. Die Erwartungen, die meisten davon eingebildete. Gänzlich unbeschrieben sind wir alle nicht. Wahrscheinlich sind nur Frischgeborene ein weißes Blatt, einen Moment lang.

Diese Psychotherapeutin also, die gemeint hatte, wir müssten zwischen Pest und Cholera entscheiden, ließ uns während der Sitzung kleine bunte Steinchen auf von uns selbst gewählten Mandalas legen. Je ein Steinchen für jedes lebende und jedes ungeborene Familienmitglied. Und wir hätten die Mandalas auch ausmalen dürfen, worauf wir verzichteten. Wir wählten also fünf Steinchen (und vergaßen, das merke ich jetzt erst, jene Zellformation, die sich vor einem Jahr von selbst auflöste, aber das hätte alles unnötig verkompliziert). Sie empfahl uns, den Kindern Namen zu geben, sie zu verabschieden und für jedes ein Bäumchen zu pflanzen. Der Trauerkomplex, der vor mir errichtet wurde, ließ mich bereits nach wenigen

Minuten in Tränen ausbrechen. Wozu den Boden mit der Erinnerung an nie existierendes Leben aufladen?

Gegen Ende der Sitzung brachte sie folgenden Vergleich: Wir müssten uns vorstellen, zwei Fremde klopften an unsere Türe und würden um Einlass bitten. Und wir, wir müssten ihnen sagen, wir hätten keinen Platz, wir müssten die Türe schließen und den Einlass verwehren.

Wie herzlos muss, wie herzlos kann man sein? Unter diesen Vorzeichen ist es tatsächlich eine Kindesabtreibung, die man vornimmt, und eine Teufelsaustreibung, die man nach getanem Werk vollziehen muss.

Nach wie vor bin ich sicher, dass die Dame uns helfen wollte. Nur kam mir zwischenzeitlich der Gedanke, ob es sich bei ihr nicht um eine (gar nicht so verkappte) Abtreibungsgegnerin handelt, die sich in die Abbruchsklinik reingeschmuggelt hat. Uns hat sie, retrospektiv betrachtet, voll erwischt mit der Psychonummer. Die Steinchen durften wir mit nach Hause nehmen. Zwei davon symbolisieren wehrlose Wesen, die alleingelassen in der Sekunde erfrieren, verhungern und wegen mangelnder körperlicher Zuwendung zugrundegehen würden. Ich war komplett von der Rolle.

Eine Frau muss keine passionierte Vollblut-Mutter sein, um Kinder zu bekommen. Sie darf ambivalent bleiben, sie darf als Mutter wissen, dass es auch die andere Möglichkeit gegeben hätte: Sie hätte Alleinherrscherin im eigenen Universum bleiben können, das ist nicht das Schlechteste. Ein Kind reißt die Macht an sich. Hält sie fest und gibt sie nicht mehr zurück. Die Mutter lässt es – in meinem Fall nicht kampflos – gewähren, sie gibt – irgendwann ermattet – den Raum frei, das Universum ist nicht mehr nur das eigene. Es kann ein hochgradig fremdes werden, eines, für das es noch nicht einmal eine Sprache gibt. Sie wird demütig, was die unmittelbare Umsetzung der eigenen Wünsche betrifft. All das darf ich als Mutter und Schwangere wissen, auch wenn es als Hochverrat gehandelt wird. Ich will so viel wie möglich sein und versuchen, in einem fremden Universum autonom zu bleiben. Das ist Reichtum, und keine Belastung.

Nun tritt ein, was Alex vorausgesagt hat: Wenn wir uns dafür entscheiden, beginnt die Sorge. Was den Kreis zur Katastrophenangst (wie gestern Nacht) wieder schließt.

Obwohl ich beschlossen habe, kein Kind mehr zu bekommen (von zweien war nicht die Rede), obwohl ich begonnen habe, mich im gemeinsamen Universum auszubreiten, ein Leben zu führen, in dem ich wieder mehr alleine bin, und mir bewusst gemacht habe, wie einfach es mit nur einem Kind ist, obwohl ich die alte Reisetätigkeit wieder aufnehmen wollte, Affären haben oder zumindest damit kokettieren (ist meistens besser), eine Beziehung führen, die über organisatorisch-logistische Versorgungsplanung hinausgeht: Wenn ich trotz alldem schwanger geworden bin und gleich doppelt, dann ist das ganz einfach, weil ich ein Mensch mit Uterus bin. Und: ein Zeichen dafür, dass es so sein soll. Was mir das Zeichen sagen will, muss ich nicht beantworten. Aber: Ich will das Beste daraus machen. Und mein Bestes geben, dass das Beste daraus wird.

Gestern habe ich eine Stunde mit meiner Freundin Silvia telefoniert, sie liegt noch immer, sie hat sich ihre Vorderseite verbrüht. Als sie Bauchkrämpfe hatte, nachts, hat sie sich eine Wärmeflasche gemacht, diese aber nicht korrekt verschlossen und so ist ihr das kochende Wasser über Brust und Bauch geronnen. Daraufhin waren zwar die Krämpfe weg, aber sie stand mit brennendem Bauch unter der kalten Dusche. Das ist auch eine Überwindung. Nun safteln diese Verbrennungswunden. Sie hat beschlossen, eine Therapie zu machen. Und sie meinte, sie lese nun wieder, seit Ewigkeiten habe sie nicht zwei Bücher ausgelesen. Letztens sei sie über das Wort Müßiggang gestolpert, das sei ein Erweckungsmoment gewesen. Ich meinerseits konnte ihr sagen: Müßiggang betreibe ich andauernd, am Sofa liegen, in auffallender Langsamkeit durch die Straßen gehen, ziellos durchs Leben irren.

Ich erinnere mich an diese Zeit, es war nach Luis' Geburt, er war im Kindergarten, als ich mit Katastrophen rechnen musste, ich erinnere mich, dass diese Zeit auch etwas – im Nachhinein – Gutes für mich gebracht hat: Mir war entsetzlich langweilig. Ich hatte mich selbst dazu abgestellt, da zu sein, wenn ich gebraucht werde. Wurde ich gerade nicht gebraucht, war mir langweilig. Ich hätte mein Ding, was auch immer das gewesen wäre, durchziehen können, auf Reisen gehen, megalomane Projekte umsetzen, aber ich tat es nicht, ich war einfach da, ohne Großartigkeiten. Dadurch entwickelte sich diese Langsamkeit, diese Bewusstheit des Abwartens.

Manchmal ist Langeweile sowieso besser. Habe ich mir gestern gedacht, als ich einen alten Freund am hässlichsten Platz von Wien abgeholt und zum Tee bei mir eingeladen habe, er war auf der Durchreise nach London. Über mich ergoss sich eine Wortkaskade über ein unerträglich normales Arbeitsverhältnis (fixe Arbeitszeiten auf Werkvertragsbasis, full time – wörtlich), über ein unbezahltes, aber vielversprechendes Projekt sowie über eine Reisebekanntschaft aus Guatemala (auch vielversprechend, aber leider weit weg), »es ist alles der Wahnsinn, der Wahnsinn!«. Danach ist mir richtig übel geworden, obwohl ich mich über den Besuch und die Wiederbegegnung mit dem oft zelebrierten Es-ist-alles-der-Wahnsinn-der-Wahnsinn-Anna!!-Kosmos sehr gefreut habe. Und ich dachte mir, es ist schon sehr besonders, dass ich, ohne krank zu sein, plötzlich in einem körperlichen Zustand bin, der sphärische Wellen derart unmittelbar in ein physisches Empfinden übersetzt.

Das vielversprechende Projekt ist in der Werbebranche, in der es vollkommen normal sei, hat der Durchreisende gesagt, dass Honorare vier bis sechs Monate nach Rechnungslegung bezahlt werden.

Ich denke sehr viel nach, während ich Häusliches und Mütterliches tue.

Nun heize ich zum ersten Mal den Ofen im Arbeitszimmer ein, obwohl wir noch im meteorologischen Sommer sind.

Übrigens: Meteorologie, schwierig auszusprechen, geschweige denn zu schreiben: Untersuchung der überirdischen Dinge.

SSW 10+3

Szene in der Volksschule von Luis: Ein Vater geht mit seiner kleinen Tochter den Gang entlang. Die Frau Direktor kommt und sagt: »Darf man nicht begleiten Kind zu Klassenzimmer. Muss Selbständigkeit.«

Genau so. So wird das was.

SSW 10+6

Der Versuch einer gemeinsamen Entscheidung endet immer mit Streit und mit meiner Verzweiflung. Daher gibt es keine Entscheidung, was auch eine Entscheidung ist, allerdings eine, die nicht zu unmittelbaren Konsequenzen führt. Über die weitreichenden Konsequenzen dieser Nicht-Entscheidung reden wir nicht, denn das würde zu Streit und Verzweiflung führen. Es ist recht jämmerlich.

Zum Arbeiten habe ich keine Lust, tue es aber, es füllt die Zeit.

Was nicht passt: alles.

Es gibt das Idealbild des sich blind verstehenden Paares. Es ist wahrscheinlich ein Mythos. Sicher ist, wir entsprechen diesem Idealbild beim besten Willen nicht. Wir reden, bis uns die Stimme versagt und wir selbst nicht mehr wissen, was wir gemeint haben könnten.

SSW 11+2

Genauso wenig, wie ich mich dazu durchringen kann, bei einer Abbruchsklinik anzurufen und einen Termin auszumachen, kann ich in einem Krankenhaus anrufen, um mich für eine Geburt anzumelden. Ich kann mich nicht überwinden, die für den Mutterschutz notwendigen Maßnahmen zu ergreifen, es gelingt mir nicht, meiner Vorgesetzten (eine Begriffserfindung, über die ich mich nie genug wundern werde können) zu sagen, gib mir viel Arbeit, ich bin schwanger und werde das Geld brauchen. Ich bin in alle Richtungen gelähmt.

Ich befinde mich am Höhepunkt einer Lähmung (wenn es so etwas wie den Höhepunkt einer Lähmung überhaupt geben kann). Entscheide ich mich gegen die Schwangerschaft, ist die Tür zu, entscheide ich mich für die Schwangerschaft, ist eine andere Tür zu. Ich kann nicht wissen, ob der eine oder der andere Weg der richtige ist, sicher ist nur, dass der eine wie der andere mein restliches Leben bestimmen wird. Aber was weiß ich zum gegenwärtigen Zeitpunkt mehr, als dass die Zukunft etwas ist, das mit allerhöchster Wahrscheinlichkeit eintritt?

Jetzt stelle ich mir diese Nachmittage vor, diese ganzen Tage, an denen ich mit nichts anderem beschäftigt sein werde, als zu versorgen. Mir graut davor. Ich stelle mir diese Sommer vor, die wir am Land verbringen, weil es doch für Kinder besser ist, am Land zu sein, am besten geht's den Kindern am Land! Im Garten, in der Natur. Scheiß auf die Natur, sie entspricht mir nicht. Ich stelle mir die entsetzlich langweiligen Abende vor, wenn endlich alle Kinder schlafen und ich selbst in diesem Zustand von aufgewühlter Erschöpfung bin, auf den ein paar Gläser Wein geschüttet werden müssen (sind alle Mütter Alkoholikerinnen?), damit ein komatöser Schlaf einsetzt, aus dem ich am nächsten Morgen gerissen werde, weil EIN KIND ETWAS WILL. Ich stelle mir vor, dass ich nicht wegfahren kann, um mich nur um mich selbst und mein eigenes Fortkommen zu kümmern. Ich stelle mir vor, dass ich Geld verdienen und etwas machen muss, das ich nicht will (kann ich nicht). Mit drei Kindern wird deren Fortkommen das Wichtigste sein. Wenn ich mir aber vorstelle, dass ich einen Abbruch mache und wegfahre, reise, mich in einer Writers Residence um mein eigenes Fortkommen bemühe (Residencies mit Kindern gibt's eigentlich nicht, dass Künstlerinnen Kinder haben, hat sich noch nicht herumgesprochen), steht sofort die Frage im Raum, ob das mein Leben mit Sinn füllen wird, ob ich dann nicht zweifeln werde.

Das ist der innere Konflikt: Ich weiß weder, ob mich das eine, noch, ob mich das andere erfüllen wird. Ich kann es auch gar nicht wissen, niemand weiß, was morgen ist. Es wäre besser, nie in diese Situation gekommen zu sein, aber ich weiß, wäre ich nicht in diese Situation gekommen, würde ich jetzt noch immer darüber nachdenken, ob ich noch ein Kind will oder nicht. Ein Konflikt wäre so oder so da.

Ich bin nicht dafür geschaffen, kommt mir vor, mit einem Mann (mit einer Frau wäre es nicht anders) zusammenzuleben und ein Zusammenleb-Leben zu führen. Mir kam es zum Beispiel immer sinnlos vor, zu zweit in einem Bett zu schlafen und nicht miteinander zu schlafen. Daran hat sich im Grunde nichts verändert, ich empfinde es immer noch so, alleine schlafe ich besser. Wenn ich also über Beziehung nachdenke, denke ich über meine Wohnexistenz nach, und dass ich ein eigenes Zimmer will und ein eigenes Bett. Das klingt nach wenig, es ist aber sehr viel. Und es erscheint derzeit unerreichbar.

Noch zehn Tage, dann kann ich aus gesetzlichen Gründen keinen Abbruch mehr machen. Und es gelingt uns seit fünf Wochen nicht, eine gemeinsame Entscheidung zu treffen, außer der, dass wir nichts entscheiden. Etwas anderes entscheidet. Irgendwann sollten wir irgendwo ankommen. Aber wir kommen ständig nirgends an.

Diffuses (Licht) ist schön.
Es tut nur in den Augen weh.

Es wäre völlig verklärt, zu denken, früher war alles gut: es gab die Zeiten des schmerzlichen Alleinseins, des sinnlosen Herumstreifens, des Sich-Fragens, wohin alles führen soll, was ich werde, wenn ich groß bin, wobei immer irgendwie klar war, dass ich nichts sehr Genaues werde. Ich weiß aber auch, wie glücklich ich war, einfach nur allein auf der Straße zu gehen, mit dem Gefühl, ich kann gehen, wohin ich will. Niemand weiß, wo ich bin, und es kann allen egal sein. Ich denke daran, wie glücklich ich war, allein in New York zu sein und mich mit niemandem zu treffen.

Familie und Zusammensein muss doch auch anders zu denken sein! Zugehörigkeit mag ich ja. Am Sonntag war ich mit Luis im Botanischen Garten, es war sehr harmonisch, zu zweit zu gehen, sich durch die Stadt treiben zu lassen, über dieses und jenes zu plaudern.

Die Frauenärztin sagt am Telefon zu mir, ich sei eine ganz starke Frau. Was soll der Scheiß!? Sie meint es anerkennend, aber es handelt sich um eine Plattitüde. Einmal hat sie mich getroffen, einmal! Die soll mich kennenlernen, dann zeig ich ihr, wie stark ich bin.

Warum sind es immer die anderen, um die ich mich kümmern muss?

Mir geht es recht gut, wenn ich mich für die Schwangerschaft entscheide, und recht schlecht, wenn mich der Gedanke umtreibt, abzubrechen. Wobei daraus nicht zwingend folgt, dass es das einzig Richtige wäre, die Kinder zu bekommen, sondern dass es sehr viel Mut erfordert, über das eigene Leben zu bestimmen und eventuell zu akzeptieren, dass Wünsche, von denen ich angenommen habe, sie seien die richtigen, die falschen sind. Wobei: Gibt es falsche Wünsche? Oder nur falsche Erfüllungen?

Kann ich mich von meiner Herkunft befreien, wenn ich die Kinder bekomme? Weshalb ist es mir wichtig, mich von dieser Herkunft zu befreien?

Immer, wenn ich in die Familie zurückfalle, muss ich etwas essen. Mit Familie verbinde ich entsetzliche Langeweile. Familie ist ein Scheusal, getarnt in einem Engelskostüm.
Ich darf nicht vergessen, das Kostüm von Zeit zu Zeit abzustauben.

Vor allem anderen sagt mir meine Herkunft, dass ich immer alles schaffe. Auch wenn ich mich dabei selbst verleugne. Es ist wichtiger, alles zu schaffen, als sich selbst treu zu bleiben. Das ist die Prägung der Mutter. Die Prägung des Vaters ist, zu tun und zu lassen, was und wie ich will.

SSW 11+3

Als ich das erste Mal schwanger war und Alex das seiner Mutter sagte, meinte sie, sie hätte sich das schon gedacht: In der Holzhütte sei ein Stapel Holz umgefallen. Ich kannte diese Kausalität nicht. Umwerfende Logik. Tatsache ist: Nun, bei dieser Schwangerschaft, ist niemand mehr da, um zu sehen, ob ein Stapel Holz umgefallen ist. Oder zwei. Darauf können wir uns nicht stützen.

Schreiben hilft mir, mein Denken zu begreifen. Es zwingt mich, Gedanken zu Ende zu bringen, nein, das klingt zu abgeschlossen, als gäbe es einen fertigen Gedanken. Beim

Schreiben verrate ich mich selbst, schmerzfrei, es ist ein Verdauungsvorgang, was ich aufschreibe, wird zersetzt und ist dann weg von mir. Außerdem mag ich die Wörter gern, sie sind so künstlich. Für ein Menschlein, das auf die Welt kommt, gibt es ein Reglement, eine Bezeichnung: Es ist ein Säugling, muss umsorgt werden. Der Mutter wird empfohlen (ich empfinde es manchmal fast als Befehl), sich Ratgeber zu kaufen, in denen ihr erklärt wird, welche Listen sie wie führen muss, um das Menschlein nach einem konkreten Schema durch den Tag und durch die Nacht zu bringen. Für Doppelmenschlein gibt es eigene Ratgeber. Dass jedes Menschlein die feinstoffliche Atmosphäre mit seinem Eintreten in die Welt beeinflusst und verändert, dafür kann es kein Schema geben, keine Liste, es ist etwas nie Dagewesenes. Es wäre schön, wenn auch der Gedanke, den ich zu Papier bringe, die Welt erzittern ließe. Holzstapel zum Kippen brächte.

Abgesehen davon will ich niemandem eine Stimme geben außer mir selbst.

SSW 11+4

Für die Langeweile in meinem Leben kann ich niemand anderen verantwortlich machen. Meine Abneigung gegen Stress und Termine und die daraus resultierende latente Stressvermeidung und Terminverweigerung mussten fast unweigerlich in Langeweile münden. Mittlerweile wäre es gar nicht schlecht, wenn ich mehr um die Ohren hätte.

Gestern lange mit dem alten Schulfreund Paul telefoniert. Er hat mich mit Fragen gelöchert. Und mich daran erinnert, dass ich, als ich mit Luis schwanger war, meine Verwunderung ausgedrückt habe, dass alle so erfreut sind, dabei freute ich mich gar nicht sehr. Dass sich alle auf etwas freuen, von dem sie keine Ahnung haben, was es ist.

Intuitiv, meinte er, sei die Entscheidung für einen Abbruch sicherlich die schwierigere, seltsam, obwohl die Entscheidung für Kinder die schwerwiegenderen Konsequenzen hat. Es tut gut, zu reden. Auch wenn es zu keiner Entscheidung führt. Ich weiß nicht, was zu einer Entscheidung führt.

Nach der Schule waren Luis und ich in der Kantine der Nationalbibliothek. Zu seinem Glück stand Wiener Schnitzel am Speiseplan. Dann waren wir im Schmetterlingshaus und sind dort fast kollabiert, zumindest ich, weil es so feucht-heiß war und ich kaum Luft bekam. Woraufhin wir erschöpft in der Sonne auf den Steinstufen der Bibliothek gelegen sind. Da saß eine Mutter mit ihrem Kind am Arm und redete mit einer alten Frau. Ja, sagte sie, es sei der Wahnsinn, ein 24-Stunden-Job, aber sie möchte keinen der beiden Buben missen. Da sah ich erst, dass ein zweites Kind im Wagen lag. Es war, als wäre es meine Bestimmung, etwas aus dem Mund einer Zwillingsmutter zu hören. Aber was will es mir sagen? Mich kann fast nichts von der Überzeugung abbringen, dass ich sogar mit Zwillingen sehr bald nach der Geburt wieder arbeiten werde. Paul sagte, er kenne in seinem Umfeld zwei Zwillingseltern und habe den Eindruck, die seien im ersten Jahr mit nichts anderem beschäftigt gewesen als der Versorgung dieser Zwillinge. Mit »gar nichts« anderem.

Die Ambivalenz ist da, sie bleibt. Stelle ich mir vor, dass ich einen Abbruch mache, fühle ich Befreiung. Ich wäre befreit von der Vorstellung, mehrere Kinder zu haben, ich wäre befreit von der Vorstellung, ein Familienleben zu führen. Ich wäre viel unabhängiger und viel weniger auf Hilfe angewiesen.

Aber will ich das?

Wovon wäre ich befreit, wenn ich mich für die Schwangerschaft entscheide?

Mir fällt nichts ein. Doch: vom jahrelangen Hadern mit der Frage, ob ich noch ein Kind will oder nicht. Nachher will ich sicher keine weiteren.

Ich spüre Neid, Neid gegenüber allen anderen, allen, die keine Kinder haben, die ein viel unabhängigeres Leben führen. Andererseits hat mir eine alleinstehende Kollegin vor ein paar Tagen gesagt, sie hätte Probleme, immer wieder überkomme sie die Einsamkeit, sie fühle sich sinnlos, jetzt mit über 40, niemand brauche sie mehr. Und es ist doch lustig, dass ich diese Einsamkeit auch empfinde, obwohl ich mit einem Mann und einem Kind zusammenlebe. Ich bin mir auch nicht sicher, ob irgendwer mich braucht. Aber es lässt sich auch umdrehen: Wir brauchen einander alle. Niemand darf einfach so weggeräumt werden.

Dennoch, der Neid bleibt, der Neid auf das Alleinsein der anderen. Darauf, das tun zu können, was mir gerade einfällt.

Was ich mir schon vor längerer Zeit vorgenommen habe: keinen Groll am Morgen, kein nächtliches Jammertal mehr. All dieses Hirnwälzen, das nächtliche Rattern der Sorgen und Nöte, der Ängste und der Wut, der Verzweiflung und Aggression, dieser somnambul-destruktive Zustand, der dem eigenen Leben, bei Lichte betrachtet, nicht zuträglich ist. Damit wollte ich aufhören. Und kann es doch nur sehr schwer.

Und jetzt zum Schlimmsten an einer Schwangerschaft: die Schwangere wird zu einem Objekt von öffentlichem Interesse. In der Arztpraxis messen die Helferinnen Blutdruck, wiegen meinen Körper ab, sagen Dinge wie: »Ach, ich freu mich so auf die Zwillinge!« Und der gesamte Warteraum hört, dass dieser Körper schon in der Frühschwangerschaft fast eine Tonne wiegt und in ein paar Monaten zwei Säuglinge hervorbringen wird. So etwas wie Privatsphäre existiert da nicht.

Denn ich habe mich überwunden, habe am virtuellen Stadtplan nach einer gynäkologischen Kassenpraxis in unmittelbarer Nähe gesucht und eiskalt beschlossen, die Sache amtlich zu machen. Es ist eine Erdgeschoß-Praxis. Der Herr Doktor hat einen gelben Mutter-Kind-Pass ausgefüllt, abgestempelt und mir ausgehändigt. Damit ist unsere Verbindung besiegelt, für die kommenden Monate. Ich fand die Vorstellung lustig, dass direkt vor den weißen Milchglasfenstern des Untersuchungsraums

Menschen vorbeigehen, während hier drinnen intime Dinge passieren.

Woran ich mich erinnere, ist, dass mich die Geburt und die Existenz von Luis durchaus angetrieben haben, weiterzukommen, beruflich, inhaltlich, Vorstellungen und Ideen zu verwirklichen und Dinge, die mich weniger interessieren, wegzulassen. Nach Luis' Geburt hat sich mein lange vorherrschendes Gefühl, dass mein Leben endlos ist, aufgelöst, das war beängstigend, aber ich wurde auch vorsichtiger mit meiner Zeit, wollte sie nicht mehr vergeuden. Sondern wenn, dann verjubeln. Dieser Gedanke kam mir nun, ob das nicht auch eine Chance zur Radikalisierung ist, die wenige Zeit, die ich dann noch haben werde, konsequenter zu nutzen. In diese Gedanken mischt sich allerdings die Befürchtung, es dann nicht mehr zu schaffen, weil ich gezwungen sein werde, Notwendiges zu machen, Jobs zu haben, Geld zu verdienen.

SSW 12+0

Was ich mir letzte Woche dachte und all die Tage davor, an denen ich zwischen Verzweiflung, Groll und Übermut taumelte, ohne wirklich etwas zu tun, außer im Kreis zu denken, soll nun ein Ende haben: Ab jetzt will gemacht und nicht mehr gedacht werden.

Ein Typ kommt ins Café und sucht sich ein Plätzchen, murmelnd geht er durch den Raum.
Ein Mann, der schon da ist, fragt: »Sind Sie der Pianist?«

»Nein«, sagt der gerade Hereingekommene.
»Aber können Sie Klavier spielen?«

SSW 12+2

Ich habe einen Ohrwurm.

Wer klopfet an?
Oh zwei, gar a-harme-he Leut.
Was wollt ihr denn?
…
Neinohneindaskannnichtseingehtwegundkommtnicht-wiederrein!
Bam. Tür zu.

Dieses Lied gerät unweigerlich zur Persiflage.
Als Ohrwurm trotzdem nervig.

SSW 12+4

Was ich machen werde, wenn ich nicht mehr für das Mutterschutzgeld arbeiten muss wie eine Irre: Ich werde Versagensgeschichten sammeln. Und ich werde einen Zettelkalender machen. Und ich werde mit einer demenzkranken Person ihre Lebensgeschichte rekonstruieren.

SSW 12+6

Luis bekommt einen Wut-Heul-Anfall. »Das kannst du mir nicht antun, Mama«, wiederholt er immer wieder. »Ich will keine Geschwister haben.«
Er schläft mit roten verheulten Augen, heftig schluchzend ein.
»Du musst beide adoptieren.«
Es ist nicht der geeignete Zeitpunkt, ihm die korrekte Anwendung des Verbs adoptieren nahezubringen.

II. TRIMESTER

SSW 13+0

Um fünf Uhr morgens aufgewacht, steigert sich meine Verzweiflung bis zum totalen Exzess. Ich bin ein heulendes, schniefendes, quiekendes Bündel im Bett. Irgendwann streichelt mich Alex.

Ich muss immer wieder daran denken, dass die Frauenärztin mir, als Alex draußen war und sie mich untersuchte, sagte: »Insgeheim sind Sie doch ganz stolz auf sich selbst, dass Sie in Ihrem Alter noch so etwas schaffen.« Nein, musste ich ihr sagen. Ich empfinde vieles, fast zu vieles, aber keinen Stolz. Eine Schwangere kann durchaus stolz sein, aber stolz auf die Schwangerschaft? Meine Ablehnung dieser Art des Stolzes, sie mag auch damit zusammenhängen, dass gerne suggeriert wird, wir könnten aus Willens- oder Glaubenskraft alles schaffen. Können wir nicht, kann niemand (surprise, suprise!). Das werden die, die sich nach einem Kind sehnen, aber nicht schwanger werden und keines bekommen, noch genauer wissen. Wäre ja auch absurd, einer Frau, die nicht schwanger werden kann, zu vermitteln, sie hätte sich nicht genügend angestrengt, nicht ausreichend an sich selbst geglaubt. Mein Einsatz für diese Schwangerschaft war wirklich gering. Derart gering, dass ich noch immer verwundert bin, was sich nun anschickt, dabei herauszukommen.

Dann dachte ich an diese Jungautorin – so heißt das: »Jungautorin« –, die in einem Sommerfrische-Luftkurort an einem der ersten heißen Wochenenden des Jahres, im illustren bürgerlichen Rahmen eines Salongesprächs – es ging um »weibliches Schreiben« – sagte, sie habe keine Kinder und sie würde sich das, also das Kinderkriegen, auch sehr, sehr, sehr, sehr, sehr gut überlegen. Sicher ist eines: Eine Frau, die es sich sehr, sehr, sehr, sehr, sehr gut überlegt, die bekommt keine Kinder. Blöd wär sie.

Abends sagt mir Luis: »Aber zwei Kinder schaffst du nicht, Mama. Das ist auch urteuer. Allein denk, was ein Wickeltisch kostet. Eines musst du adoptieren.«
»Und du kannst dann auch nicht arbeiten, das ist urviel Arbeit.«
Deswegen, erkläre ich ihm, bekäme die Mutter am Anfang, also nach der Geburt, Geld vom Staat, weil sie eben nicht ihren normalen Job machen könne und ja sonst nichts verdiene. »Obwohl sie keine Leistung hat?«, fragt Luis entgeistert.
Gestern habe ich ihm das geflügelte Wort »Was war eigentlich mei Leistung?« nähergebracht.

Bin weder Fräulein weder schön
kann ungeleitet nach Hause gehn.

Mein Lieblings-Gretchen-Satzl.

Ich werde nun kochen. Das schaffe ich, wenn ich ganz fest an mich glaube.

SSW 13+1

Wenn die zwei Nachkommenden nur über ein Fünkchen von der Eigenwilligkeit ihres älteren Bruders verfügen, tun wir der Welt etwas Gutes.

Die einfachste Formel ist wahrscheinlich sowieso: Wer viel überlegt, fickt wenig.

SSW 13+2

Gerade weil es allen ökonomischen, individualitätsstrebenden Maximen widerspricht, machen wir das. Gescheit, klug wird das nicht sein.

SSW 13+3

Wohnhaft ist ein ähnlich klaustrophobisches Wort wie Mutterschaft.

Sonst: sehr viel Arbeit, zum Zwecke der Mutterschutzgeldanhäufung. Macht aber auch Spaß, ich arbeite gerne. Das wurde mir schon in manchen Honorarverhandlungen zum Verhängnis: »Dir macht die Arbeit ja Spaß«, wurde schon mehrmals als Argument gegen meine, selbstverständlich überzogenen, Honorarforderungen vorgebracht.

SSW 13+5

Kann bitte jemand die tote Ratte vom Karlsplatz entfernen?

SSW 14+2

Heute ist es das erste Mal passiert: Eine fremde Person hat mir auf den Bauch gegriffen.

SSW 14+4

Ich kann mich gar nicht erinnern, ob ich darüber geschrieben habe, wie übel mir die ersten Wochen permanent war. Es war schrecklich. Nun aber kann ich sogar wieder ab und an genüsslich rauchen. Das tut man nicht! Aber wenn, dann bekomme ich kein schlechtes Gewissen.

Nun geht es mir ganz gut, oft zieht's und krampft's, aber gut, meinte der Herr Doktor (der letztens etwas abgekämpft aussah, unrasiert, speckig und Ringe unter den Augen), es sei eben beschwerlicher mit Zwillingen. Ach was.

Worüber ich schon seit Tagen schreiben wollte, wozu ich aber nicht gekommen bin, weil ich mich mit einem übermäßigen Arbeitsaufkommen und daraus resultierendem Chaos konfrontiert sah, ist die im Gehen stillende Frau. Ich bin – es war ein sonniger, warmer Tag, zu dem das Wort Altweibersommer passen würde – vor einem Café auf der Straße gesessen. Da kam eine Frau des Weges. Sie hat mit einer Hand einen Kinderwagen geschoben, mit der anderen Hand ihren nackten Busen zusammengequetscht und einem Baby in den Mund gehalten, das sie umgeschnallt hatte. Jede Auslagenscheibe, an der sie vorbeikam, hat sie genutzt, um sich selbst zu begutachten. Hat alle Blicke auf sich gezogen, wollte alle Blicke auf sich ziehen. Zwei Bauarbeiter mit dicken Bäuchen, die ins Wirtshaus gingen, haben ihr staunend nachgeschaut, obwohl von hinten nichts zu sehen war, außer wie sie sich selbst immer wieder begutachtet. Ich dachte zuerst, was für ein Verrat der eigenen Würde. Aber vielleicht musste sie sich von irgendetwas befreien.

Die Schwangere ist ein Gefäß für künftiges Leben. »Truppentransporter« nennt mich Alex.

Die Schwangere ist aber nicht nur das. Irritierend ist es, aber das kenne ich schon, auf eine Rolle reduziert zu werden, die ich ablehne. »Zum Glück«, hat ein Freund gestern zu mir gesagt, »bist du so überhaupt nicht freiheitsliebend.« Wir haben gut gelacht. Nun wird die Sache körperlich immer realer, aber die Vorstellung, zwei Babys zu haben, ist unwirklich. Muss ja auch noch nicht sein, jetzt kann ich den körperlichen Aspekt durchaus genießen, auch weil mir klar ist, diese Erfahrung mache ich genau einmal, dann nie wieder. Ich kann mich darauf einlassen.

Alex hat herausgefunden, wie er jegliches Gespräch abrupt beenden kann: Er sagt: Wir bekommen Zwillinge. Es fährt ein wie eine paradoxe Intervention. Ein Kind ist unter uns Kunst-, Kultur- und Selbstverwirklichungsfuzzis in Ordnung, das kommt vor, zwei sind selten, aber drei Kinder, eine richtige Familie (was auch immer das ist), das ist außerhalb der Vorstellung. Da sagen alle »Oh!« und haben dann nur mehr wenig zu melden. Außer: »Dann brauchts ihr wirklich eine größere Wohnung.«

Alex war nämlich unterwegs. Er hatte einen ordentlichen Stadtgrant, als wir vorgestern Mittag an der Wienzeile meinen neuen (einen alten indischen) Schreibtisch abgeholt haben, der nun den Kinderschreibtisch ersetzt. Am frühen Abend dann haben wir uns vor einem Café auf der Praterstraße getroffen, ein Umtrunk mit Bekannten, Freundinnen und Freunden. Alex kam mit Luis, der noch beim Würstelstand eine Käsekrainer zu sich genommen hatte und wissen wollte, weshalb die nicht als Paar angeboten werden.

Als ich mit Luis kurz nach 20 Uhr das Café verließ, vor dem wir bei lauen Temperaturen auf der Straße unter den Lindenbäumen gesessen waren (keine Ahnung, ob's Lindenbäume sind, aber das Schubertische passte zur fröhlichen Tragik der allgemeinen Stimmung), meinte Alex, er würde gleich nachkommen. Noch ein Bierchen, das er mit den 10 Euro, die ich ihm gegeben hatte, bezahlen konnte. Er hatte seine Geldtasche vergessen. Sich dann aber bis in den Morgen durchgeschnorrt. Immerhin etwas, meinte er am nächsten Tag, an dem er schwor, nie mehr wieder auszugehen, es gehöre sich auch nicht für einen dreifachen Familienvater. Beim Heimkommen ist er im Vorzimmer über Luis' Roller geflogen. Das hat mich aufgeweckt und dann erzählte Alex mir – draußen war es bereits hell – enthusiastisch, wenn auch etwas lallend und mit brüchiger Stimme, von einer Nacht, in der er sich wider die Vernunft hat treiben lassen. Und dass der Bus, mit dem er von der Party irgendwo weit draußen im Prater zurückgefahren ist, so voll war, dass er stehen musste. Das wiederholte er dann am nächsten Tag nach dem Aufwachen mit kaum hörbarer Stimme noch einmal, dass er im Bus stehen musste, weil noch immer so viele Leute unterwegs waren. »Obwohl es schon hell wurde!«

Wie gut so eine Nacht für die Lebensgeister ist, auch wenn sie der Lebensenergie einiges abverlangt, das habe ich an diesem Tag, an dem Alex bis zum Nachmittag jammernd im Bett lag, immer wieder gesagt. Es ist ein Trugschluss, anzunehmen, ein für den Körper gesundes Leben sei grundsätzlich gesund. Die Lebensgeister brauchen auch den Exzess und die Ausschweifung, die Lebensgeister begrüßen den Ausbruch, er macht sie zufrieden, die Lebensgeister ticken anders als der Körper.

Ich sitze hier an meinem neuen Schreibtisch am Fenster und draußen geht ein Regensturm nieder, der gelbe Blätter durch die Luft wirbelt. Chinesinnen und Chinesen rennen den Gehsteig entlang und suchen Schutz im chinesischen Restaurant am Eck. Heimelig ist es dort zwar nicht, dafür trocken. Davor parkt ein Auto der Finanzpolizei.

In der Nacht vor der, in der er unterwegs war und sich um seine Lebensgeister gekümmert hat, habe ich Alex fast den Kehlkopf zerquetscht. Er hat mit dem Kopf bei meinen Füßen geschlafen. Als ich von einem Krampf im Unterschenkel aus dem Traum gerissen wurde und beim Fußende aus dem Bett springen wollte, habe ich mich, im Glauben, es sei sein Unterschenkel, auf Alex' Hals gestützt. Seine Stimme hat er aber nicht deswegen verloren.

Gestern war mein erster freier Tag seit längerem. Ich arbeite viel und es macht Spaß, auch wenn es immer wieder verwunderlich ist, wie verlässlich gute Ideen in Hierarchien verpuffen.

SSW 14+5

Wien ist das einzige Bundesland, in dem der Ganztageskindergarten gratis ist. Der Rest von Österreich verharrt in ich-weiß-nicht-was.

Gestern war ich im Kino und habe dort vor dem Film eine Bekannte getroffen, die mich vor etwa einem halben Jahr gefragt hatte, ob ich nicht einmal selbst etwas auf die Beine stellen wolle. Ich wusste damals keine Antwort auf diese seltsame Frage. Ähnlich originell war auch gestern ihre Reaktion auf meine Neuigkeiten. Sie hat das Zittern in Kombination mit Na-du-schaffst-das-sicher- und Wie-schön-du-bist-Gefasle bekommen und mir sofort erzählt, sie hätte eine Freundin, die mit Zwillingen schwanger gewesen war, wovon der Erste bei der Geburt tot auf

die Welt gekommen sei. Und bis heute weiß niemand, warum, ein paar Tage vorher war alles noch in Ordnung. »Aber das sollt ich dir jetzt gar nicht erzählen.«
Dann hat sie mir ihre Hand gezeigt und gesagt: »Schau, wie ich zitter!«

Nach dem Film, es war die letzte Vorstellung und Mitternacht bereits vorbei, als wir aus dem Kino kamen, habe ich mich im Foyer verabschiedet, weil ich noch aufs Klo musste. »Was? Jetzt fangt das schon an?!«, schreit sie. Die zwei anderen Anwesenden, ebenfalls Bekannte, wissen nichts mit der Frage anzufangen, ich sage trocken, es hätte schon vor einem Monat begonnen. Und auch davor hätte ich schon ab und an diesen Drang verspürt, diesen Klodrang. Daraufhin muss ich mich den anderen gegenüber erklären. »Ich bin schwanger«, sage ich.
»Aber darf ich das Highlight sagen?«, fragt sie.

Während des Films hatte ich ein lustiges Gefühl im Unterbauch. Als würde irgendetwas in mir zwinkern oder flattern. Angenehm.

SSW 14+6

Alex sagt, unsere Gesellschaft kann mit Kindern überhaupt nicht umgehen. Ich glaube, er hat recht.

Heute ist Sturm Erhard über uns hereingebrochen. Als ich am Vormittag nach zwölf Stunden Nachtruhe rausging, um Brot zu holen, ist am Rückweg vor meinen Augen und knapp vor meiner Nase ein Ziegelstein vom

Nachbarhaus auf die Straße gefallen. Es gibt also noch andere Risiken als eine Zwillingsschwangerschaft.

SSW 15+0

Die Stadt Wien hat laut Feuerwehrschutzbestimmung über den Sommer die Volksschule von Luis nicht nur ausgemalt, sondern auch mit einer feuerbeständigen Farbe versehen. Nun dürfen Lehrerinnen (es sind nur Frauen) und Kinder nichts mehr an die Wände hängen. Nun sind die Gänge in der Schule klinisch weiß, antiseptisch. Ich kann es kaum glauben, dass irgendjemandem immer noch etwas einfällt, damit die Schule noch ungemütlicher wird.

Es passt alles irgendwie zusammen.

SSW 15+1

Ich bereue es nicht, Mutter zu sein. Ich bereue, dass ich nicht früher daran gedacht habe, gegen die Mutterbilder zu treten. Die vom Hausmütterchen genauso wie die von der Party-Mom.

SSW 16+2

Schulfreund Paul tut jetzt etwas gegen seine Demenz, nämlich Klavier spielen. Er hat, um konkret zu sein, Angst davor, dement zu werden.

Heute habe ich jemanden interviewt, der einen Film über den Weltklimagipfel gedreht hat. Im Lift, in dem wir zwei sowie zwei weitere Personen stehen (rein räumlich betrachtet, ist es also bereits eng), fragt er mich: »Und wird das sicher ein Kaiserschnitt?«

Ich bin vollkommen verblüfft und daher sprach- und wehrlos gegen diese Übergriffigkeit ins total Intime. Ich antworte: »Nein, nicht automatisch, das kommt darauf an, wie Zwillinge liegen«, und da ich ja schon eine vaginale Geburt hatte und so weiter … Und schon gebe ich einem Menschen, den ich zum ersten Mal treffe, und zwar aus rein professionellen Gründen treffe, Auskunft über äußerst intime Vorgänge. Er hatte danach gefragt und ich wollte nicht unhöflich sein. Ich bin leider nicht sehr gut in Unhöflichkeit.

Für ihn, er sei nun 35 Jahre alt, seien Kinder schon eine wesentliche Frage. Beide, er und seine Freundin, seien freiberuflich tätig. »Da geht das nicht«, sagt er.

Abends im Radio diskutieren vier Frauen über Machtmissbrauch, sexuelle Übergriffe, Demütigung und andere Alltäglichkeiten. Es ist das einzige Thema, bei dem es keine Quotenfrau in der Runde gibt. Ein Quotenmann täte in dem Fall nicht schaden, sie sind ja nicht ganz unbeteiligt an der Misere, die Männer. Sollen die einmal dieses pathologische Grapschen erklären.

SSW 16+4

Heute früh wollte ich – zumindest im Autogrammstil – notieren, was mir so durch Kopf und Bauch geht, doch dann habe ich nach einer Nacht mit dem Querschläfer Luis noch eine Stunde alleine und in Ruhe und vollem Genuss im Bett zugebracht.

Nun erlaubt mir das Arbeitsaufkommen keine längeren Schreibergüsse.

SSW 16+5

Wochenende.

Einen Haushalt führen. Dass ich das tue. Dass das in mir angelegt ist.

SSW 17+0

»Offener Mund offener Muttermund« – ein Besuch im Yogastudio verlangt mir einiges an Toleranz für schlechte Reime ab.

Auch bei einer Atemübung gibt mir die Aufforderung »Denk an Vertrauen, denk an Zuversicht, denk an Kraft« Rätsel auf. Ich kann nicht an Zuversicht denken, Zuversicht ist abstrakt. Ich kann versuchen, zuversichtlich zu sein, und ich kann darüber nachdenken, welche Voraussetzungen es dafür bräuchte, aber dann denke ich schon wieder zu viel, zu viel denken soll man nicht, weil Denken führt zu Ablenkung, Abweichung, Abschweifung, im allerschlimmsten Fall dazu, dass ich nicht mehr »im Moment« wäre (oder bin!). Einfach ist es, an den Schließmuskel zu denken, mit dem wir Schwangeren zwinkern sollen. Das kommt nach den abstrakten Denk-Übungen.

SSW 17+4

In der DDR mussten Mehrlingsschwangere vor dem angenommenen Geburtstermin drei Monate im Krankenhaus verbringen, sonst wären sie vor Gericht gekommen. Sie mussten mit anderen Mehrlingsschwangeren im Krankenhaus leben, Dusche am Gang. Tagsüber hatten sie manchmal Ausgang. Das erzählte mir eine Yogalehrerin: »Ich hatte nie mehr in meinem Leben so viel Zeit.«

Aber sie hat ihre Zwillingskinder. Ich habe von einer eher beunruhigenden DDR-Praxis gelesen. Benebelten Zwillingsmüttern sind ihre Kinder nach einem Kaiserschnitt weggenommen worden, um sie anderen zu geben. Die Mütter bekamen die Information, ihre Säuglinge seien verstorben. Und wenn die Mütter dann protestierten oder auch heute noch protestieren, bekamen und bekommen sie nicht etwa ihre Kinder, sondern die Diagnose »Posttraumatische Belastungsstörung«. Was als »Hysterie« bezeichnet wurde. In jedem Fall: unzurechnungsfähig, die Mütter.

SSW 17+5

Ruhige Bauch-Tage. Kein Mutterband-Ziehen.

SSW 18+1

Schon um kurz nach fünf aufgewacht. Ich schlafe extrem gut, was sicherlich auch daran liegt, dass ich seit Wochen keinen Alkohol trinke. Ohne Wecker aufzuwachen, das ist mir in letzter Zeit öfter passiert, und nicht erst um elf Uhr am Vormittag, sondern richtig früh! In letzter Zeit habe ich mich tatsächlich dabei ertappt, dass ich mir dachte, ich werde das Trinken und Rauchen nun für den Rest meines Lebens sein lassen. Jedes Mal, wenn mich dieser Gedanke ereilt, reiße ich mich schnell zusammen und freue mich auf einen gepflegten Rausch, auf die nächste gute Gelegenheit, mich voll und ganz dem Trinken von sprudelndem Alkohol zu widmen.

Abends

Mir wird andauernd zur Schwangerschaft gratuliert, zu »den Zwillingen«.
Ich sage: »Ich bin schwanger.«
Mein Gegenüber antwortet: »Gratuliere!«
Ich sage: »Danke.«
Und komme mir komisch vor.
Die Gratulierenden sollen mir in 18 Jahren gratulieren, wenn ich bis dahin keine Schule in die Luft gesprengt habe.

SSW 18+2

Gibt es irgendjemanden, der zu Mutterschaft keine Meinung hat? Gibt es irgendjemanden, der zu Mutterschaft zwar eine Meinung, aber nicht den Drang hat, diese Meinung auch ständig mit mir zu teilen?

Ich habe geträumt, dass meine Großmutter bereits in ihr Grab übersiedelt ist. Von dort aus hat sie ihre Ausflüge gemacht. Ich hatte den Auftrag, Blumen zu pflanzen.
Das Einzige, was mich an ihrem Umzug in ihr eigenes Grab gestört hat, war, dass der Friedhofswärter Transkripte der völlig verrückten Aussagen der Grabbewohnerinnen machte UND verbreitete, auch von ihr. Wo doch meine Großmutter vieles, aber sicherlich nicht geistig umnachtet oder gar verrückt ist.

SSW 18+4

Wir sind am Land, wo nicht nur die Familien, sondern auch die Häuser einen Namen haben. Wir haben zu dritt im großen Bett geschlafen. Eiskalt, aber unter unserem Deckenberg war es kuschelig. Die Heizung ist ausgefallen.

Ich muss mir etwas von dieser wunderlichen Zeit bewahren, die Klarheit der Gedanken, die Sicherheit und den sinnerfüllten Wert dieses Daseins als Schwangere. Wobei ich über das Schwanger-Sein kaum nachdenke, oft vergesse ich es, verdränge es fast. Aber alles, was ich tue (und Schwanger-Sein tu ich ja nicht), scheint wieder sinnvoll. Und überhaupt die Klarheit der Bedürfnisse. Vorgestern:

Cremespinat mit Kartoffeln. Gestern: Umbrisches Huhn mit Kohlsprossen.

SSW 18+6

Eine Nachbarin sagt: »Dass wieder was passiert im Schneiderhaus!«

Ich fühle mich fremd. Eine Platzhalterin, eine, die dafür zuständig ist, dass etwas passiert und der Scheißdreck weitergeht.

Individualismus! So wie früher. Und nicht der gleichförmige Scheinindividualismus, den wir heute haben.

Kinder sind das Zubehör der berufstätigen Mütter. Diese Mütter sagen Sätze wie: »Es ist das Schönste, das eigene Kind aufwachsen zu sehen.« Auch wenn das eine Lüge ist. Was ist denn schon das Schönste?

Warum nicht einfach so: weder riesige Freude und Dankbarkeit noch die Hölle auf Erden. Sondern Normalität: Kinder, das Normalste auf der Welt. Elternschaft, komplett banal. Nicht so Superlativ-Gebrabbel.

Wir wissen nicht, was wird.

SSW 19+0

Polin, blond, hübsch, entrückt, geht im Studio um den gesamten Studioaufnahme-Tisch und alle Mikrophone herum, um mir mit beiden Händen auf den Bauch zu greifen, nachdem ich ihr gesagt habe, dass ich Zwillinge erwarte. Ist das eine Rechtfertigung für so ein Betatschen? Welchem wildfremden Menschen würde ich einfach so auf den Bauch greifen? Welchem Bekannten?

Ich treffe eine Tontechnikerin beim Schwangerschaftsyoga, eine coole Socke, eine, die immer Hosen trägt, in deren Taschen ich Werkzeug vermute. Es ist der Ort, der sie outet, ihre Schwangerschaft ist nicht sichtbar. Sie hat ihr Leben lang allein gelebt. Ist selbständig, momentan hat sie wenige Jobs. »Bis zum fünften Monat wird es niemand sehen«, sagt sie. Der werdende Vater lebt in der Schweiz. Wenn er am Wochenende nach Wien kommt, sagt sie, schaue sie ständig auf die Uhr, wann sein Zug wieder abfährt. Aber: »Wir verstehen uns eh.«

Verkorkste Beziehungen. Alle. Wir alle.

SSW 19+1

Pflichten, Noten und Sanktionen.
Schule.

SSW 19+6

Wofür Kinderkriegen?

SSW 20+0

Ich habe geträumt, dass Alex in unserem kleinen Schlafzimmer, während ich nicht da war, zwei Hochbetten quer vor dem Fenster aufgebaut hat, so, dass die Fenster nicht mehr zu öffnen waren. So, dass die Tür gerade noch geöffnet werden konnte. Ich stand fassungslos davor, vor allem, da er das fünf Monate vor der Geburt und fünf Jahre, bevor die Zwillinge überhaupt große Betten brauchen, gemacht hat.

SSW 20+1

Die U6 ist meine SS-U-Bahn. Auf dieser Strecke liegt alles, was ich als Schwangere brauche. Und wenn nichts mehr hilft, kann ich mir unterwegs Drogen checken. Die U6 ist die grindigste U-Bahn von allen. Obwohl sie auch ans Licht fährt, kurz, zwischen Längenfeldgasse und Gumpendorfer Straße, da erinnert sie mich an Paris.

Allgemeines Krankenhaus. Im Eingang stehen Christbäume, gebastelt aus leeren Eierbechern und gebrauchten Kaffeemaschinen-Aluminium-Kapseln. Eine Bastelei, die mein Verhältnis zu Weihnachten repräsentiert.
Upgecycleter Müll.

Alles kreucht herum, heute graust's mir. Nur ein Kahlköpfiger am Elektroroller schaut aus, als hätte er Freude am Leben.

Ärzte in weißen Kitteln, sie unterscheiden sich nur durch die Schuhwahl. Einer hat Lackschuhe mit Plateauabsätzen und Bommeln.

Auf der Suche nach einem Klo betrete ich einen Gang, in dem ein Bett steht mit einer totenbleichen Frau darin.

Das letzte Mal, als ich hier im achten Stock war, stand vor mir in der Schlange eine Frau aus Nigeria, die nicht versichert war. 200 Euro sollte sie bezahlen. Sie sagte: »Schicken Sie mir die Rechnung.« Gute Frau.

Ich treffe meine ehemalige Sprechtrainerin.

Und dann war da noch eine ganz aufgebrachte Frau, eine Risiko-Krebs-Patientin (sagte sie sehr laut, daher weiß ich es).

Gestern sagte die Yogalehrerin, wir werden über-untersucht. Gehe man mit einem Neugeborenen zur Osteopathie, fragen die: »Wie oft hatten Sie in der Schwangerschaft Ultraschall?« Ich habe um mich geschaut, in diese Runde der Dickbäuchigen, und mich gefragt, wie viele von uns sich nun auch noch darüber Sorgen machen: dass zu viel Ultraschall ihrem nicht-geborenen Bauchinhalt schadet.

Ich habe auch so schon immer ein unangenehmes Gefühl vor den Untersuchungen. Heute Organscreening (wobei auch die äußeren und die inneren Augenabstände in meinem Bauch gemessen werden). Ich muss das nächste Mal wegen dem Hebammengespräch fragen. Am letzten

Befund steht dazu ein unvollendeter Satz, allerdings mit der – falschen – Aussage, ein Hebammengespräch hätte stattgefunden, hat's aber nicht, zumindest war ich nicht dabei.

Weggehen. Abends.

Ich kann die Sache noch immer nicht integrieren in mein Eigenbild, aber es geht mir gut.

Als ich das erste Mal im AKH war, um mich für die Geburt anzumelden (und mich wieder fragte, was passieren würde, wenn ich mich nirgends anmelde, wohin ich dann zur Geburt gebracht werden würde), habe ich zufälligerweise eine Bekannte getroffen, von der ich bereits wusste, dass sie Zwillinge erwartet. Sie erklärte mir, dass im Wartebereich Grün die automatische Aufrufanzeige mit den roten Ziffern kaputt ist. Sie kannte sich schon aus. Sie erzählte mir, dass sie schon jetzt dauernd die Beine hochlagern oder andere Maßnahmen ergreifen muss, damit die Kinder nicht rausfallen. Was blüht mir da? Immer muss ich im grünen Wartebereich warten, dort, wo die meisten Leute sind. Aber das sagt kaum etwas über die Wartedauer aus. Mir hat sich die Aufruf-Logik noch nicht erschlossen, aber ich hab ja noch ein paar Monate Zeit. Heute bin ich zu früh da, bis jetzt war ich immer zu spät.

Am Klo baumelt ein Schild von der Decke, darauf steht: Schwestern-Notruf.

Am Papierhandtuchspender klebt ein Pickerl: Frauennotruf.

SSW 20+2

Heute Morgen bin ich von selbst aufgewacht und habe mir gedacht: »Scheiße, schon wieder wache ich mitten in der Nacht auf und kann nicht mehr schlafen«, war aber gleich beruhigt, weil ich so müde war, dass ich mich nur umdrehen musste und sofort wieder eingeschlafen wäre, hätte nicht genau in diesem Moment der Wecker geläutet.

Davor habe ich von einer Altbauwohnung geträumt, die voll war mit Maschinen, die aus den Gummischläuchen von Autoreifen bestanden und in irgendeiner Form der sexuellen Befriedigung dienten. Ich hatte an einer Stadtführung teilgenommen und es war mir ein bisschen unangenehm, nun mit der ganzen mir unbekannten Gruppe bei dieser Sex-Maschinen-Wohnungsbesichtigung zu sein. Wir gingen von Maschine zu Maschine und die erklärende Dame wählte jeweils eine Person aus, die sich gleich an der Maschine versuchen konnte. Diese Maschinen wären allesamt, wie sie beteuerte, unisex, was mir aber nicht ganz einleuchtete, denn vor allem konnten Schwänze irgendwo reingeschoben oder -gequetscht werden. Und im Inneren mancher Maschinen war teilweise Pferdemist und Heu. Mich wunderte, dass es kein Sperma war. Es war ein sehr unpassender Traum.

Nun ist Advent, ich war beim Adventsingen, eine Schulveranstaltung, die ich mag.

Ich erinnere mich, als Kind, zu Besuch in Kärnten: Perchten, Teufel. Vor allem Erinnerung an die Heiserkeit danach, vom Kreischen. Wenn ich an Angst denke, dann denke ich daran. Schutzlos, Onkel, Vater, Cousins, keiner schützt uns vor den überall, selbst im Haus, randalierenden Perchten mit ihren ohrenbetäubenden Glocken und schrecklichen Masken.

Gestern habe ich im AKH nach dem Einzelzimmer-Zuschlag gefragt, denn ich stelle mir ein Doppelzimmer mit einer weiteren Gerade-Neu-Mutter und vier Neugeborenen vor wie – na ja – tausend Mal schlimmer als ein Massenlager in einer Alpenvereinshütte im Winter, wo immerhin geschmust, geflüstert und zwischen den Matratzen herumgehupft wird. Und ich denk mir, ich bekomme nur einmal im Leben Zwillinge, da könnte ich mir ein Einzelzimmer leisten. Kostet 315. Schmerzgrenze? Dazu kämen dann noch die Arzthonorare, sagte der Mann am Informationsschalter. Wie? Das sind doch die gleichen Ärzt*innen, die ins Massenlager kommen, oder? Ja, sagte der Mann, aber auf der Sonderklasse bekämen sie mehr. Für die gleiche Leistung? Ja, für die gleiche Leistung.

Früher hatte ich eine Zusatzversicherung, eigentlich hatte ich bis vor sechs Monaten eine Zusatzversicherung, weshalb ich Luis in einem Sanatorium gebar, in dem es englische Landhaustapeten gab. Und die Kinderärztin immer Workout-Kleidung trug. Doch da ich das Gefühl nicht loswurde, eine Zusatzversicherung sei in erster Linie schwerste Abzocke, kündigte ich. Und habe nun die Bestätigung. Die ärztliche Leistung bestand bei Luis' Geburt darin, im Zimmer vorbeizuschauen, »alles okay?« zu fragen und zu sagen: »Sie sind eine fantastische Mutter, das müssen Sie wieder machen.«

Und sechs Wochen nach der Geburt sagte mir derselbe Arzt, ich solle mich nun wieder um meinen Mann kümmern, der habe auch Bedürfnisse. Die dürfe ich nicht vergessen. Diesen Rat musste aber nicht meine Privatversicherung bezahlen, den gab mir der Arzt auf Kasse. Heute ist alles anders. Heute bin ich im AKH. Wo erstaunlich viele Frauen unter den Frauenärzten sind.

Wo am »Merkblatt für Begleitpersonen in den Kreißsaal« ganz fett geschrieben steht, nur eine Person dürfe einen zur Geburt begleiten. Und wo die erste Frage bei den FAQs ist: »Kann ich hier einen Vaterschaftstest machen?«

Eh klar, zuerst alle potentiellen Väter mitnehmen in den Kreißsaal, damit sie sehen, wo der Bartl den Most holt, und danach werden alle zum Test geschickt, damit die Mutter weiß, wer die Alimente zahlt. So rennt's im AKH. In dessen Gebäudekomplex sich ja auch ein Standesamt befindet, es ist ein Staat im Staat.

Ich war noch nie so wenig bereit, meinen eigenen Körper aufzugeben, wie jetzt. Auch wenn so viele auf ihn zugreifen.

»Keine Spompanadeln machen«, schreibt meine Tante per SMS. So weit entfernt wie jetzt von Spompanadeln war ich noch nie, ich bin mir selbst schon nicht mehr geheuer.

Tatsächlich habe ich gestern noch entsetzliches Krankenhausunbehagen bekommen und die ersten realen Gedanken an die Geburt. Davor dachte ich auch schon daran, aber es war mehr ein Verdrängungs-Denken, so ein wird schon gehen, fürchte dich nicht. Ich dachte an die Geburt nicht wie an etwas, das mich wirklich betrifft. Angst ist nicht das richtige Wort. Aber lieber wäre mir, es wäre schon vorbei. Wobei ich meinen momentanen Zustand sehr schätze und die meiste Zeit genieße.

SSW 20+3

Mit Silvia zu Mittag gegessen, wir reden über Eitelkeiten. Plötzlich sagt sie: »Da hinten sitzt der Held meiner Kindheit.« Ein Dichter, ein sehr, sehr, sehr eitler Dichter, nennt sich Märchenerzähler. Ich fand ihn immer fad. Heute geht sie solchen Typen nicht mehr auf den Leim.

Davor haben wir über saturierte Unzufriedenheit gesprochen. Silvia erzählte mir, dass ihre Innsbrucker Freunde nun nicht mehr auf die Berge zum Schifahren gehen, sondern nach Portugal oder Brasilien zum Wellenreiten fliegen. Weil die Berge rund um Innsbruck, das geht nicht mehr. Zu viel Tourismus.

In der Nacht wieder von Anziehungen geträumt. Das Ent-Sexualisierte macht sich bemerkbar.

SSW 20+4

Doula!
Dass ich dieses Wort wieder einmal lesen darf!
Und ein neues: Hypnobirthing!

Ich muss gleich an bei Mondschein an einem Kraftort vergrabene Mutterkuchen denken.

SSW 20+6

Gestern Nacht: dunkelhaariger Mann, erinnert mich an jemanden, der darauf abfährt, anderer Leute (Frauen) Spucke zu schlucken. Im Traum begehrt er mich (und meine Spucke). Ich erkläre dem Spuckeschlucker, dass es Avantgarde sei, auf das Glück zu pfeifen. Und halte ein Plädoyer auf die Freude.

Wenn ich diese rekurrierenden Träume des Begehrens und Aufbegehrens interpretieren soll (was ich tat, während ich die Küche aufräumte), scheint mir die einfachste Deutung: Es geht mir zwar sehr gut und ich habe das Gefühl, dass alles richtig ist, so wie es ist, aber tief in mir nagt der Wunsch, von außen als ganz wahrgenommen zu werden. Und nicht nur als schwangere Frau und Mutter. Bei diesem Gedanken halte ich inne und bestätige mich selbst darin, diesen Zustand jetzt zu genießen, es ist sehr besonders, ganz im Reinen zu sein mit dieser Schwangerschaft und mir daraus alles Positive und Klare zu bewahren, dieses Wissen darum, was gut und richtig ist. Die Wachheit. Festzuhalten, was für mich jetzt und heute nicht klar formulierbar ist, aber vielleicht ist es ja nichts anderes als Zufriedenheit. Nicht befriedigt, aber zufrieden. Wer hätte damit vor ein paar Wochen gerechnet? Heute kommt mir das ganze Abtreibungsding lächerlich vor, ich verstehe es, aber denke mir gleichzeitig, wir hätten uns das sparen können.

Hätten wir eben nicht, sonst wäre es wahrscheinlich heute nicht so. So richtig.

Dazu passt das heutige Wetter: blauer Himmel, Sonne, bittere Kälte. Traumhaft.

SSW 21+0

Grant.

Außerdem Übelkeit Kreuzschmerzen Sodbrennen.

Ich könnte heulen, so wütend bin ich.

SSW 21+1

Schlecht schlecht schlecht.

SSW 21+2

Ein Genuss dieser Zustand. Ich muss ihn mir bewahren.

»Du gehst wie ein Autobus«, sagt eine Kollegin zu mir. Super!
Eine andere ist begeistert, dass ich Zwillinge bekomme. »Du bist eine ganz lässige Mutter.«
Wieder eine andere findet es »sooo gut, wenn die Richtigen Kinder bekommen«.

Später treffe ich Silvia und sie sagt: »Nein, nein, man kann es nicht mehr leugnen.« Sie war in Dresden und hat den, der mich geoutet hat (eine Ewigkeit her, scheint mir), getroffen, er sei vollends verunsichert und verstört gewesen, da er gedacht hatte, ich verarsche ihn damit, dass ich Zwillinge erwarte. Er ist ein gebranntes Kind: Als wir uns kennenlernten, gab ich vor, Holländerin zu sein. Damals fragte er mich, warum ich mich in Österreich so gut auskenne als Holländerin.

SSW 21+3

Probleme. Heulerei und Verzweiflung haben sich tief in die Nacht gebohrt. Alles hat gebebt. Nicht viel geschlafen.

Tagsüber dafür umso entschlossener: Ich will keinen Zynismus in mein Leben lassen, so schreite ich ans Tagwerk, schreibe, arbeite, überlege, mit dem Nachdruck der Überzeugung, man muss zuversichtlich – ich muss! – noch ein bisschen entschlossener sein als sonst. Fest auf der Erde stehen.

Luis hupft vor dem Fenster auf und ab. Und schaut natürlich nicht links nicht rechts, als er über die Straße geht.

SSW 22+1

Alex sagt, jeder, dem er sage, er bekomme Zwillinge, sagt ihm: »Jetzt musst Geld verdienen.«
Bei mir freuen sich die Menschen nur.

Manche freuen sich über alle Maßen. Eva sagt: »Weil dich alle, die dich kennen, so gernhaben.«

Und sie erzählt mir von einer Freundin, die eine behinderte Tochter hat und der jemand vorgeworfen hat, dass sie lackierte Fingernägel habe. Dass sie dafür Zeit hätte, statt sich um die Tochter zu kümmern!

Ich habe Eva bei einer Weihnachtsfeier getroffen, wo über Auswanderungspläne geredet wurde. Vielleicht nach Afrika, meinte ich. Das ist ja groß. Da meinte Eva, wir Europäer sollten für die nächsten fünf Generationen Einreiseverbot in Afrika haben. Ich hab's nicht ganz verstanden, es war eine Logik mit Kolonialgeschichte. Ich verstehe die Kolonialschuld, aber deswegen gleich Einreiseverbot zu verhängen für einen ganzen Kontinent? Die generelle Erkenntnis war ohnehin, dass Auswandern feige sei. Das hab ich dann noch weniger verstanden, weil eine Entscheidung wie Auswandern durchaus das Gegenteil von feige ist. Es ist zumindest eine sehr aufwändige Entscheidung.

Auf alle Fälle hab ich mir gedacht: auswandern und reisen sowieso, das ist schon gut. Aber wir dürfen die Tatsache nicht unterschätzen, dass wir uns selbst immer mit dabeihaben. Anzunehmen ist aber ohnehin, dass meine Kinder Antananarivo sagen werden können, lange bevor ich selbst dorthin reisen kann.

Ich habe seit drei Wochen denselben Kaftan an. Eine Art Zelt.

SSW 22+3

Längste Nacht.

Es ist mir unangenehm, wenn ich in der Früh gestört werde, immer. Heute die Kaffeetanten und -onkels von der Schule, sie wollten, dass ich mitgehe. Eine von ihnen ist auf mich zugestürmt: »Komm doch mit!« Sie bräuchte außerdem meine Hilfe für eine Projektkalkulation, da seien so viele Tabellen. Ja, Oida! Tabell dich doch selbst!

Dabei wollte ich darüber schreiben, wie gern ich in den letzten Monaten gearbeitet habe, wie viel Freude es gemacht hat, wie selten ich es als zuviel empfand. Obwohl ich etwa sieben Tage die Woche arbeitete. Wie fruchtbar und befriedigend es war, manchmal mit anderen zu arbeiten, sich zu koordinieren, rauszugehen aus dem Kämmerlein. Es war nicht nur zum Geldverdienen. Natürlich bleibe ich weitgehend autonom, wäre ich an Zeiten und Orte gebunden, würd's mir bald auf die Nerven gehen. Oder sofort. Es verhält sich sogar so, dass ich gar nichts anderes kann, als selbständig zu arbeiten.

Was ich hier schreibe, sind banale Protokolle. Ich könnte es auch sein lassen. »Du darfst ihnen das nie, nie, nie erzählen«, sagt mir eine Bekannte, als ich ihr erzähle, wir hätten über einen Abbruch nachgedacht. Jemand anderer kommentiert: »Cool, dass du das alles aufschreibst, auch für deine Kinder.« Genau deswegen kann ich es nicht sein lassen. Ich muss schreiben, um mich selbst zusammenzuhalten, um all das, was mir andere Leute erklären, dass ich denken soll, nicht zu denken und um sämtliche unerbetenen Ratschläge ans Papier abzugeben. Denn es ist geduldig, heißt es.

Ich darf das nicht vergessen, dieses Gerne-Arbeiten, mir ist viel Sinn zurückgekommen in den letzten drei Monaten. Wie gerne ich auch unter einem gewissen Druck arbeite. Zu viel Zeit zu haben, macht die Dinge nicht unbedingt besser.

Gerade geht gegenüber die verrückte Frau vorbei, die vor längerer Zeit – es war Alex' Geburtstag, nachts, wir hatten Hocker auf den Gehsteig gestellt und uns zu einem kleinen Straßengelage zusammengerottet – Kleidung, Schuhe und Pokale aus dem dritten Stock geworfen und uns angeboten hat, auch Geld aus dem Fenster zu werfen, sie habe viel Geld, aber keine Beine. Wir lehnten ab, höflich, wie wir sind, wir bräuchten kein Geld. Am nächsten Tag ging ich in ihr Haus und klopfte an ihre Tür, weil ich mir Sorgen um sie machte. Als sie die Tür öffnete, sah ich, dass sie auf zwei Beinen ging. Ich kam mir irgendwie blöd vor. Seitdem unterhalten wir uns manchmal, die verrückte Frau und ich. Je nachdem, was in ihrem Oberstübchen gerade vor sich geht. Sie kann auch aggressiv sein.

Weshalb sollten meine Kinder nichts von der Schockstarre und der alarmierenden Unruhe einer frühen Schwangerschaft erfahren? Nichts von der Ambivalenz, die mit der Aussicht auf Elternschaft einhergehen kann? Nichts von der Unmöglichkeit, die Aussage, ich sei drei in einem (ganz drei mit mir selbst!), mit meinem eigenen Bewusstsein, dem körperlichen wie dem emotionalen, in

Einklang zu bringen? Wie absurd, zum Scheitern verurteilt und verlogen wäre es, meinen Kindern zu verheimlichen, dass ich auch als Mutter ein Mensch bin?

SSW 23+5

Nachts: Fabrik! So klinge ich, sagt Alex, wie eine Fabrik.

Wir sind wieder am Land, die Heizung funktioniert.

Einkauf, in Neubach, Neuwald oder Neukirchen, ich merke mir die Orte nicht. Bei der Fleischerei treffen wir die Frau von irgendeinem der vielen Onkel von Alex. Sie hat einen Sohn verloren.

Im Supermarkt treffen wir die Frau von Alex' Cousin, die beiden haben auch Zwillinge. Sie erinnert sich an die Schwangerschaft und sagt, dass sie damals am Weg zum Kindergarten – das seien 250 Meter – mit ihrem älteren Kind schon ihre Platzerln zum Ausruhen hatte, sie hätte die lächerliche Strecke nicht ohne Pause geschafft. Ihr Mann wollte eine Matratze mit herausnehmbarem Bauchteil kaufen, damit sie am Bauch schlafen kann.

Und am Markt treffen wir wieder die Frau von irgendwem, wiederum Mutter von Zwillingen, die schon 33 Jahre alt sind. Sie seien zu früh geboren worden und wären dann auf die Kinderambulanz gekommen – sie kann sich genau an das jeweilige Geburtsgewicht erinnern (2,5 und 2,45 Kilo, glaube ich). Sie habe schon vor der Geburt lange liegen müssen und sagt, ein Mascherl habe sie gehabt, aber so was machen die heute nicht mehr. »Ein Mascherl???«, frage ich. »Ja, da wird unten abgebunden.«

Später beim Essen fragt Luis nach, was das sein soll. Obwohl ich es auch nicht weiß, fange ich an, irgendetwas zu erklären, wie das halt ist mit Geburt, dem Kopf, der durch die Vagina kommt, und dass ich mir nicht vorstellen kann, dass dieser Kopf mithilfe eines Mascherls davon abgehalten werden könnte. Dann wollen die beiden, Alex und Luis, überhaupt nichts mehr davon hören und finden das alles schrecklich. Alex sagt: »Frauen haben ein anderes Verhältnis zu ihrem Körper.«

Wie ruhig es hier ist. Ich sitze im Esszimmer.

Ich stelle mir vor, meine Schamlippen werden zusammengebunden, mit einem Geschenkband (was halt grad im Haus ist).

Von all den unzähligen Verwandten treffen wir die beiden Zwillingsmütter an einem Tag!

Erinnerung an die letzte absurde Begegnung mit der Tontechnikerin. Wir unterhalten uns über gute Orte zur Entbindung, wobei ich mittlerweile sehr pragmatisch bin, aber ich weiß noch, wie mich diese Frage vor Luis' Geburt umgetrieben hat. Auf jeden Fall erzählt mir die Tontechnikerin, dass es bei der Besichtigung der Kreißsäle in einem Privatsanatorium Mayonnaise-Brötchen und Rohschinken gegeben hätte. »Voll gut«, sage ich. »Grad, dass sie nicht Prosecco angeboten haben!«, echauffiert sich die Tontechnikerin, die sich in letzter Zeit gerne und oft echauffiert. Erst später komme ich drauf, dass viele Schwangere weder Mayonnaise noch Rohschinken essen. Geschweige denn Prosecco trinken.

Ich denke an das unwiederbringlich Verlorene, ich wusste vor Luis' Geburt ja gar nicht, dass ich etwas verlieren würde, und nachher konnte ich es nicht mehr greifen, das, was als »das frühere Leben« bezeichnet wird. Das, das vor den Kindern war.

Ich weiß nur, dass ich in diesem früheren Leben auf der Straße unterwegs sein konnte, ohne mich zu rechtfertigen. Nachdem Luis auf die Welt gekommen ist, wurde ich, sobald ich allein unterwegs war, ständig gefragt, wo er denn sei (oft noch vor der Begrüßung). Oder, schlimmer noch: »Wo hast du denn dein Kind gelassen!?!?!?«

Eine Freundin nannte mich einmal »eine Ikone des Feminismus«, als sie mich allein am Gehsteig traf. Die Straße: schon immer ein Schlachtfeld. Und ich: ein singuläres Ereignis, eine Ein-Frau-Revolution, die sich bei helllichtem Tage allein von der eigenen Wohnung wegbewegt. Ich konnte selbst gar nicht glauben, dass ich das bin.

Und als ich etwa ein Monat nach Luis' Geburt beim Frisör war, traf ich am Fahrradweg am Ring eine Kollegin. Sie fragte: »Wo ist denn dein Kind?« Und gleich darauf: »Das darf ich dich nicht fragen, du bist ja Feministin.«

Was ist das für eine Gesellschaft, in der es ein Gradmesser für Feminismus ist, dass eine Frau nach der Geburt allein auf der Straße – mutterseelenallein – angetroffen wird?

SSW 24+0

Ausflug an die Donau, Engelhartszell und Rundgang durch Passau, Luis findet es: scheiße.

Abends sagt Alex: »Ich kann mir das kaum vorstellen, Rettung und Krankenhaus, schrecklich.« Und wieder: Am gescheitesten sei ein Kaiserschnitt. Wir protestieren, meine Schwester ist auch da, und ihr Freund (der äußert sich nicht). Zum xten Mal wiederholt Alex die Geschichte von unserer ersten Entbindung, als die Hebamme Ruth mit ihrem Packerl Marlboro kam und Luis noch in meinem Bauch drehen musste, das sei alles sehr brenzlig gewesen (es war vor allem sehr schmerzhaft), das hätte ich selbst ja gar nicht mitbekommen (behauptet er), er aber schon (um es noch einmal zu wiederholen): alles sehr, sehr kompliziert.

Ich sage, er soll sofort aufhören so zu reden, bevor ich richtig ärgerlich werde.

»Das wird noch ein Nachspiel haben«, denkt sich meine Schwester in dem Moment. Am nächsten Morgen sagt sie mir das und dass ich ihn einfach nicht mitnehmen sollte zur Geburt. Ich werde unsere andere Schwester mitnehmen, das ist die, der vor nackten schwangeren Bäuchen graust. Wir lachen.

SSW 24+1

Luis und Alex schauen Männerfernsehen. Der Krabbenfischer von Alaska (der härteste Job der Welt) kehrt nach Hause zu Frau und Kindern zurück, »um alles auf eine Karte zu setzen«, wie der Kommentator sagt. Um seine »letzte Chance« in der Ehe zu nutzen und »einen Neuanfang« zu machen. Nachdem er seine Kinder begrüßt (we missed you, I missed you too), fragt er seine Frau: »Did you miss me too?« (»Hast du mich auch vermisst?«, sagt der Kommentator.)
Sie sagt: »This place is no longer your home.«
Ich sage: »Oh Gott!« Und frage: »Was passiert jetzt?«
»Nix«, sagt Luis. »Er haut wieder ab und geht Krabben fischen.«

So einfach ist das.
So simpel.
Krabben fischen.

SSW 24+2

Gestern Abend waren wir bei den Nachbarn.

Einer erzählt, er habe eine Alexa zu Weihnachten bekommen, nun gibt es zwei. Eine Alexa fürs Bad und eine Alexa für die Küche. »Eh okay«, sagt er. Im Bad sei das ganz praktisch, wenn du nasse Hände hast oder so. Dann musst du nix angreifen, sagst nur »Radio an« oder was du halt willst. Küche sei auch okay, du sagst zur Alexa »Mürbteig« und sie sagt dir das Rezept. Aber nicht recht ist dem mit der doppelten Alexa, dass seine Tochter sich auch daran gewöhnt hat und schreit: »Alexa, Hans guck in die Luft« (oder etwas anderes, das ich vergessen habe, es war sicher nicht Hans guck in die Luft, das würde heute keinem Kind mehr einfallen oder vorgelesen), Tatsache ist: Sie schreit. Ihm wäre es aber wichtig, dass seine Tochter zu jeder Alexa »bitte« sagt. Jemand müsse ihr beibringen, auch zu einer Alexa höflich zu sein. Mir scheint, es ist ihm unrecht, dass ein Kleinkind (vor allem ein Kleinkind!) so ein Ding bedienen und befehligen kann und von den Eltern unabhängig und autonom entscheidet.

Seiner Frau hat er einen Zauberstab geschenkt. Echt. Ich bin fassungslos. Und frage nach. Er hat ihr wirklich einen Pürierstab geschenkt. Einen Pürierstab für klebriges Kartoffelpüree, das hat unsere Großmutter früher gemacht, wenn eine von uns nach der Schule zu ihr gegangen ist. Püree mit Paradeissauce. Köstlich. Oder verarscht der uns? Und hat ihr einen Vibrator geschenkt? Aber macht das Sinn?

Während wir bei den Nachbarn sind, ruft mich meine Freundin Kristina an. Sie klingt unglücklich, unzufrieden, schon das letzte Mal, als wir uns getroffen haben, hatte ich den Eindruck, sie könnte jeden Moment losheulen. Sie ist seit einem Jahr nur zu Hause mit dem Kind. In einem Monat will sie ein Wochenende wegfahren, ihr Mann muss dann alleine mit der einjährigen Tochter zu Hause bleiben, oh und weh und ach. Er wird sich sowieso als Backup seine Mutter ins Haus holen. Ich merke, Kristina ist unsicher, ob sie das Haus für ein Wochenende verlassen kann. Sie sei eben in Karenz, da verstehe es sich für ihren Mann von selbst, dass sie alles rund ums Kind mache. Und er werde zwar zwei Monate in Karenz gehen, denn nur so bekämen sie das volle Kindergeld ausbezahlt, aber er werde sicherlich weiter arbeiten. Denn, so das Argument, als Freiberufler kann er sich das nicht leisten, zwei Monate weg sein, er verliere dann seine Kunden. »24 Stunden Verantwortung haben, das können sie sich nicht vorstellen«, sagt Kristina über die Männer und Väter.

Kristina hat sich eine Putzfrau organisiert, weil sie nicht jede freie Minute mit Putzen verbringen will. Das hat sie mir letztens erzählt, als ich bei ihr war. Und dass die sehr nett sei, vor allem mit ihrer Tochter, eigentlich wolle diese Putzfrau in erster Linie mit der Tochter spielen. Und nur in zweiter Linie putzen. Und dass sie von den Philippinen sei. Als sie eine Zeitlang nichts von ihr gehört hat, hat sie sich Sorgen gemacht. Ihr Mann, der auch im Raum war, sagte in einem nasal-adeligen Wiener Tonfall: »Oh, die Putzfrau auf den Philippinen, hoffentlich ist ihr nichts passiert, wer macht sonst unsere Parkettböden sauber?«

Am Telefon erzählt mir Kristina auch von einer Orchestermusikerin, die im Sommer eine Tochter bekommen habe. Vor Weihnachten habe sie in Brüssel ein Engagement, zwei Monate Proben. Sie habe Wohnung, Kinderfrau, alles organisiert, denn ihr Mann, der könne ja nicht mit nach Brüssel. Der ist selbständig und leitet einen Betrieb mit 20 Mitarbeiter*innen, der hat Verantwortung. Das ist mehrheits- und konsensfähig, so einer kann nicht auf ein Kind schauen, sich frei machen dafür. Warum ist er Vater geworden? Wie stellt er sich Vaterschaft vor?

Und sie, sie spielt für einige Hundert Menschen, immer abends, wenn so ein Kind am forderndsten ist, kann sie sich davon frei machen? Will sie es? Hat sie keine Verantwortung?

Ich glaube, in Österreich gibt es praktisch keinen Vater, der mehr als zwei Monate in Karenz geht und seine Arbeit unterbricht. Zwei Monate ist die Schmerzgrenze, das ist wie verlängerter Urlaub. Drei, vier, fünf Monate, ein Jahr, da ist man dann so richtig weg. Das machen nur Mütter, nur Mütter sind so richtig weg. Aus dem normalen Leben.

Vor kurzem habe ich einen Bekannten getroffen, überall treffe ich Bekannte, ein Franzose, der in Wien lebt, er war zweieinhalb Jahre mit seinen Zwillingen zu Hause – »die beste Zeit meines Lebens«. Ich denke darüber nach: Es gibt keinen Druck, ein Dreigespann, das niemandem Rechenschaft schuldig ist, jeder macht, was ihm oder ihr in den Kram passt. Kann sich das ausgehen? Als beste Zeit des Lebens?

Was mir Kristina erzählt, finde ich haarsträubend.

Der giftigste Giftcocktail ist: eine Mutter, die alles selbst macht, weil sie ganz, ganz, ganz genaue Vorstellungen davon hat, wie Kindesversorgung abzulaufen hat. Und ein Vater, der sieht, was das für eine Hacke ist, sich da ganz gerne raushält und es der Mutter ohnehin nicht recht machen kann mit der Kindesversorgung. Der Karren ist ziemlich im Dreck. Als ich mit Luis schwanger war, hat mir einmal eine Mutter (gleiche Generation wie ich, nicht von vorgestern) gesagt, die ersten sechs Monate könnte der Vater eh nichts machen, da wäre nur die Mutter wichtig. Interessanterweise haben sich dann für Alex doch diverse Betätigungsfelder aufgetan, nach Luis' Geburt. Bei uns bestand nie der geringste Zweifel daran, dass wir die Sache zu zweit schultern. Unser Vorteil ist eventuell, dass wir beide gleich viel (oder wenig) verdienen. Bei uns zieht das Kohle-Argument nicht.

Ich bin sowieso dafür, dass Männer endlich gleich viel verdienen wie Frauen.

Am Weg nach Hause habe ich Alex von Kristinas Unzufriedenheit erzählt. Bei dem Argument mit der Selbstständigkeit des Vaters und der daraus resultierenden Unabkömmlichkeit stimmt er in den Mehrheitskonsens mit ein, was mich aufregt. Er aber sagt: »Ich muss mir darüber keine weiteren Gedanken machen, weil ich mach's eh anders. Und Kristinas Mann organisiert dafür Ausflüge. Das tu ich nicht.« Das stimmt, so was macht er nie. Im Leben. Er hasst Ausflüge, ganz speziell am Sonntag und vor allem, wenn die ganze Familie involviert ist. Ein Ausflug, das wäre nur am Montagvormittag denkbar. Aber da liegt er im Bett, aus Protest.

An der Haustür fragt Luis nach, was mit Kristina los sei. Ich sage ihm, sie sei seit der Geburt der Tochter – seit einem Jahr – nicht mehr abends weggegangen. Luis macht den Mund weit auf, voller Erstaunen, sagt dann: »Die braucht Frischluft!«

Am Horizont sehe ich einen Miniaturstreifen Sonne unter den Regenwolken.

Heute habe ich im Netz nachgeschaut, was sich unter »Träume von Zwillingsschwangeren« so findet. Sorgen wegen der Zukunft, wie wird das, die Geburt, das Leben mit zwei Kindern, wir Zwillingsschwangere träumen, schreibt ein Netzdoktor, sehr intensiv vom aktuellen Zustand und der Sorge um das Leben mit Zwillingen.

Davon träume ich nie. Ich träume von Begehren und Erotik und Sexualität. Heute Nacht sind in meinem Traum drei Mal goldene Schuhe aufgetaucht. Wir waren in der Schweiz in einem Schuhgeschäft, ich bin vom ersten Stock über eine Wendeltreppe und ein Seil sehr grazil hinuntergeschwebt und in goldenen Schühchen gelandet, es waren Pantoffel, die ich – nachdem sie zum dritten Mal aufgetaucht sind – gekauft habe. Der Verkäufer machte mir auf Schwyzerdütsch Komplimente, er machte auch Alex Komplimente, wir fanden einander alle überaus begehrenswert.

Alpträume
Albträume
geht beides.

SSW 24+3

Wollte morgens wieder die recht seltsamen und nicht der Zwillingsschwangerschaftsnorm entsprechenden Träume notieren.

Stattdessen Diskussion mit Alex. Es geht um Holz und Heizen. Fazit ist: Er kann nicht längere Zeit am Land sein, weil er für mich hier in Wien Holz tragen und natürlich auch die Asche wegbringen muss, während er aber dann wieder aufs Land fahren müsse, um zu sehen, ob dort die Heizung laufe, beziehungsweise, ob er in die Heizungsschnecke Hackschnitzel nachschieben müsse. Er muss also hin und her fahren, her und hin, es geht partout nicht anders.

Ich frage mich, ob ich einer falschen Hoffnung aufsitze, wenn ich glaube, dass es bei dieser Heizlogistik wirklich nur ums Einheizen geht.

SSW 25+0

Heute in einem Jahr wäre ich gerne in Dakar.
Orte, die ich bereisen werde.

Yoga: »Schick deinem Baby ein Lächeln.« Genau.

Dass mir konsequent alle einzureden versuchen, ich sei drei. Dabei fühle ich mich ganz eins.

Restless Legs Syndrome
Nervosität
Ich spüre meine Haut.

»Alles normal«, sagt der Herr Doktor. Baldrian helfe. Und es gäbe immer wieder Zwillinge von zwei Vätern.

Wie viel Anteil Hausfrau steckt in mir?

Too much/jetzt dann aber Schluss.

SSW 25+1

Schöne Wortkombination: aufgescheuchte Unordnung – die meisten Arbeitskontexte kommen mir so vor.

Institutionen folgen inneren Logiken, die sich meistens Menschen überlegt haben, die von außen kommen.

SSW 25+2

Woher wir kommen, ist eine nicht uninteressante Frage. In meinem Fall: aus Abrahams Wurschtkessel. Diesen nannte mein Vater als unseren Aufenthaltsort, wenn er etwas aus jener Zeit erzählte, als meine Schwestern und ich weder auf der Welt noch im Bauch unserer Mutter waren. Er ahmte Abraham auch nach, ich stelle ihn mir bis heute als eher kleinen, rundlichen Mann mit tiefer Stimme vor, der mit einem großen Holzlöffel in seinem Kessel rührt (wenig Ähnlichkeit mit meinem Vater). Abrahams Wurschtkessel schien mir ein gemütlicher Aufenthaltsort zu sein. Zu meinen Vorfahren zählt auch eine Urgroßmutter aus dem damaligen Agram, von ihr ist ein sehr gutes Schokoladentortenrezept überliefert, das ich zu Luis' Geburtstag immer nachbacke, von ihr sprechen meine Mutter und meine Großmutter mit großer Wärme. Der Cousin meiner Urgroßmutter war Dichter, von ihm steht eine Statue in Zagreb. Wer schreibt, der bleibt.

Alles ist aber überschattet vom so genannten Heiligen Mann aus einem mystischen Ort namens Nigglai. Alle Laggners dieser Welt, auch die nun kommenden, sind Nachfahren des Heiligen Mannes aus der Nigglai. Der so heilig war, dass sich die Möll (früher dachte ich, die Drau) teilte, als er sie mit seinen Ochsen überqueren musste. Er hatte riesige Füße und sieben Söhne. Es teilte sich also auch die Heilige Frau. Mehr ist von ihr nicht überliefert. Eigentlich noch weniger: Sie wurde bis zu dieser Zeile noch nie erwähnt.

SSW 25+4

Ein maßgeschneiderter Muttermund.

SSW 25+5

Männer, die ihre Spermien als »Soldaten« bezeichnen. Suspekt.

SSW 26+0

Geträumt, dass die Zwillinge plötzlich nicht mehr im Bauch waren. Sie waren draußen und es tat mir leid, dass ich diese letzten Momente des Sie-in-mir-Habens nicht bewusster genossen hatte. Sehen konnte ich sie nirgends, ich habe sie aber auch nicht gesucht.

Stattdessen wieder Sex mit irgendwem, nein, nicht Sex, erotischer Austausch.

Andre haben erotische Träume mit 14. Ich mit 40. Und schwanger.

Nemám strach.
Ich fürchte mich nicht.
Auf Tschechisch.

Wie-geht's-dir-wo-stehst-du-gerade-Runde beim Yoga: genial! Alle sitzen im Kreis, mit Pölstern, Decken und Stoffwürsten, alle sind ur bei sich und öffnen sich und all ihre Probleme und teilen alles mit allen und haben Zweifel, aber sind natürlich dankbar und geduldig mit sich selbst und achtsam.

Nur die Tontechnikerin sagt: »Ich kann mich all dem überhaupt nicht anschließen, ich find das Schwanger-Sein die ganze Zeit nur scheiße und wünsch mir, dass es bald vorbei ist.«
»Vielleicht«, sagt die Yogalehrerin, »gelingt es dir, das Gute auch im Schlechten zu erkennen.«

Vor drei Nächten habe ich geträumt, dass meine Cousine lesbisch ist und ich ein Verhältnis mit ihrer Frau habe. Sehr große körperliche Zärtlichkeit. Hat sich alles an einem unbekannten Ort abgespielt.

SSW 26+1

Vom Zugfahren geträumt, von Rucksacktourismus und einem Aufenthalt am Atlantik, diesmal kam Alex vor, Liebe, Sex und Zärtlichkeit. Strand und Meeresbrandung und Weintrinken – direkt Klischeebilder aus einem Softporno. Derart unterfickt war ich noch nie in meinem Erwachsenen- oder halt Sexualleben.

Gestern beim Yoga in der Wie-geht's-dir-wo-stehst-du-gerade-Runde ging es auch um Träume. Die Erste, die sprach, Nora glaube ich, träumt schon von der Geburt, sie sieht sich selbst in ärgstens verrenkten Positionen, denen sie nicht auskommt. »Auch von deinem Baby?«, fragt die Yogalehrerin. Nein, davon träume sie nicht, immer nur von sich selbst in ausweglosen Situationen (Geburt ist so etwas wie die Mutter aller ausweglosen Situationen).

Alle Frauen, die beim Yoga sind, außer mir, erwarten ihr erstes Kind. Etwa zwölf sind es. Ja, genau: zwölf. Gestern am Ende der Stunde wurde nämlich ausgerechnet, wie viele Menschen heute da waren. Zuerst hieß es, 24, dann – mit meinen Zwillingen – 25, und dann 26, weil die Yogalehrerin auch zählt, obwohl sie nicht schwanger ist. Auch ich zähle mich weiterhin als eins, selbst wenn ich mit dieser Zählweise alleine bin auf der Welt.

Eine der Yogafrauen hat »direkt ein schlechtes Gewissen«, weil sie ihr Kind nicht spürt und es ihr auch sonst »ganz normal« geht wie immer und sie deswegen eben manchmal vergisst, dass sie schwanger ist. Und wenn sie dann merkt, dass sie nicht daran gedacht hat, dann bekommt sie ein schlechtes Gewissen. Wir sind alle gaga.

Das Yoga ist mehr so eine Selbsthilfegruppe, aber eine gute.

Alex und ich überlegen Namen. Einige fallen uns ein, die dann aber in der Kombination eso klingen. Plötzlich glauben wir, es gibt überhaupt keine Namen, die irgendwie passen würden. Die Anzahl der Silben muss stimmen, der Rhythmus, in sich, aber auch im Verhältnis zu den anderen. Mir gefällt ein Name, bei dem ich weiß, meine Mutter würde die Nase rümpfen.

Eine andere Yogabesucherin sagt, sie könne nicht mehr gut schlafen, weil »die Kleine« so aktiv sei. »Die Kleine« sagen viele, es klingt ganz schrecklich. Wer ist denn dann die, die spricht? Die Große?

Ich finde auch die Bezeichnung »Baby« unpassend. »Schickt eurem Baby ein Lächeln«, sagt die Yogalehrerin immer. Sie meint es eh gut, aber ich folge ihrer Aufforderung wirklich nie. Ich meine, muss ich etwas, das Teil von mir ist, ein Lächeln schicken? Schick deinem Arsch ein Lächeln.

Die Yogalehrerin meinte bei der Vorstellungsrunde, sie habe zwei Kinder, fünf und drei Jahre alt (oder vier und zwei), und obwohl sie in der letzten Nacht nur zwei Stunden geschlafen habe, finde sie wirklich jede Nacht, es zahle sich aus (das Kinderhaben). Das ist so das Frauenbild beim Yoga: ein Vollfrauenbild, Mütter, die ganz bei sich sind, die alle Zweifel und Unsicherheiten zulassen. »Willkommen heißen.«

Schwanger-Sein scheiße finden, einfach nur scheiße, das kommt in diesem Bild nicht vor, da werden die anderen unsicher, da macht sich nervöse Anspannung breit. Aber sie lassen selbst diese Unsicherheiten zu, heißen sie willkommen.

Die Tatsache, dass praktisch nur Erstgebärende beim Yoga sind (mir kommt gerade das Bild eines Geheimbundes, eines schwangeren Wie-geht's-dir-wo-stehst-du-gerade-Geheimbundes), zeigt, dass alle aus sehr klassischen Verhältnissen kommen. Aus einem Umfeld, in dem Frauen, die mit dem zweiten Kind schwanger sind (etwa eineinhalb bis zwei Jahre nach dem ersten, wegen dem »guten Abstand«), nicht mehr zum Yoga gehen können, weil sie sich um das erste Kind kümmern müssen. Ich finde, es sollte auch so ein Schwangerschaftsyoga für Männer geben, die sollten sich auch etwas aktiver, bewusster vorbereiten, ihre intimen Tages-, Nacht- und Traumbefindlichkeiten austauschen und dem Baby ein Lächeln schicken.

Im Blutlabor, in dem ich gerade sitze, nennen sich die beiden blonden Ordinationshilfen konsequent »Schatzi«. Am Weg zum Blutlabor bin ich bei einem Studentenheim vorbeigekommen, auf dessen Schaufensterscheiben (es hat Schaufenster!) laminierte A4-Zettel kleben, auf denen steht: »Betteln und Hausieren verboten.«

Wer, bitte, hausiert heute noch, wer weiß überhaupt noch, was das genau ist, Hausieren, insbesondere Student*innen, die um die Jahrtausendwende geboren sind, die wissen das doch sicher nicht.

Eine der beiden Ordinationshilfen hat nicht das geringste Gefühl für Diskretion. »Herr Bimbowitsch, haben Sie Urin mit?«, fragt sie. Der angesprochene Herr Bimbowitsch (oder so ähnlich) greift sich an die Hosentasche und sagt: »Nein, leider.« Sie schickt ihn aufs Klo und ruft ihm hinterher: »Stuhl müssen Sie noch nachbringen!«

Auch am Telefon redet sie die Gesprächspartnerin mit »Schatzi« an. Und etwas später sagt eine der beiden: »Ich liebe meine Leute, ich liebe meine Leute.«

So läuft das hier im Blutlabor.

Ich habe geträumt, eine Hose zu haben, die mir passt.

SSW 26+2

Es hat sich irgendwie eingeschlichen, dass über Politiker, die sich irrational verhalten, gesagt wird, sie würden sich benehmen wie Kinder. Ich finde das beleidigend. Zum Glück lesen Kinder keine Nachrichten.

SSW 26+3

Nun geht die Sicherheit und die Sorgen kommen wieder.

Kleinkrieg zu Hause, weil Alex zum tausendsten Mal sagt, wir müssten jetzt weitertun und endlich einen Kasten kaufen. »Die Zeit wird knapp!!«

Schreierei, dann reden wir nicht mehr miteinander. Ich heule den ganzen Tag.

Nachts schläft Alex am Sofa, ich heule.

SSW 26+4

Wir gehen gemeinsam zu einem Secondhand-Möbelladen, am Rückweg heule ich wieder. Ich kann gar nicht mehr aufhören, so verzweifelt bin ich.

Ich höre auf, nachdem ich beschlossen habe, aufzuhören.

Später begleite ich Alex zu einer Veranstaltung im Metro Kino, bei der er Trompete spielt. Am Weg dorthin redet er fast nicht, sagt, er müsse sich konzentrieren. Ich hake mich bei ihm ein, mir gefällt es, hat es immer schon gefallen, eingehakt durch die Straßen zu gehen, es hat etwas Altmodisches und gleichzeitig Heimeliges. Überhaupt gefällt mir unsere Beziehung wieder besser, wenn sie draußen stattfindet und nicht zu Hause.

Beim Metro Kino treffe ich eine Bekannte, die auch schwanger ist. Sie sagt, sie habe die letzten Wochen den Horror hinter sich. Ich begleite sie zu McDonald's, wo sie sich eine Tüte Pommes holt, sie erzählt mir, plötzlich habe ein Arzt beim Ultraschall festgestellt, ihr Kind habe keinen Magen. Außerdem ein flaches Gesicht und ein Loch im Herzen. Zehn Student*innen seien dabei gewesen, der Arzt hätte sie zusammengerufen, um sich das anzuschauen. Ihr Freund habe dann auf den Gang raus gerufen: »Will noch jemand reinkommen, um das behinderte Kind zu sehen?«

Ich höre, wie jemand neben mir sagt, dass im Flugzeug die Filme nicht im richtigen Format gezeigt werden. Das ist tatsächlich ein Problem.

Und der Moderator der Veranstaltung sagt: »Man ist ständig von so vielen Bildern übergeben.«

Rauchen ist unverantwortlich.

Ich kann mich erinnern, dass ich, als ich mit Luis schwanger war, einmal eine hochschwangere Frau gesehen habe, die auf der Straße geraucht hat. Mich hat das beeindruckt, ich dachte mir, die traut sich was. Es war eine Straßenzeitungsverkäuferin. Ich glaube, die wird auf andere Weise überwacht als ich.

Und dann treffe ich noch eine Freundin aus Berlin im Metro Kino, sie ist grad in Wien. Das freut mich, sie erzählt mir, dass sie in einer feministischen Filmgruppe ist, und ich erzähle ihr, dass ich diese Protokolle schreibe. Sie sagt, sie lese gerade »Regretting Motherhood« und dass das interessant sei. Mir fällt ein, das muss ich jetzt auch endlich lesen (muss ich?). Ich glaube, nirgends hat »Regretting Motherhood« so eingeschlagen wie im deutschsprachigen Raum.

Dass sie dieses Buch liest, erzählt sie mir, nachdem ich ihr gesagt habe, wie irritierend es für mich sei, als schwangere Frau so zu einem Gut von allgemeinem Interesse zu werden. Ja, sagt sie, dass einem die Leute einfach auf den Bauch greifen etwa. Und gerade als ich mir denke, dass sie das weiß, obwohl sie kein Kind hat, kommt wie auf Bestellung eine Künstlerin, die ich kenne, schon sehr lange kenne, aber nicht so gut, dass wir uns anrufen und verabreden würden, und greift mir mit einer Hand in den unteren Rücken, um sich abzustützen, mit der anderen streicht sie mir über den Bauch, exzessiv und hört gar nicht mehr auf, obwohl ich mich schon winde. Es ist, als würde ich mich durch den gesamten Raum winden, aber sie hat ihre Stellung so gut gewählt, eine Hand in mein Hohlkreuz gestützt, eine am Bauch, dass ich aus dieser Streichelgriffzange nicht mehr rauskomme. »Stört dich das?«, fragt sie und ich stammle irgendetwas von: »Na ja, man greift doch nicht einfach so jemandem auf den Bauch!« Und sie sagt: »Schwangere Frauen sind einfach so schön!« Nur weil ich schön bin, bin ich doch noch lange nicht zum Angreifen!

Meine Freundin aus Berlin lacht die ganze Zeit, aus Peinlichkeit.

Die Werte aufschreiben, die ich in meiner Pubertät gepflegt habe. Sie gelten, starr und unumstößlich. Was ich total ablehne: Streber und Spießertum (wobei ich heute nicht mehr so weit gehe, Schirme und das Schirmtragen als spießig zu betrachten).

Langeweile.

Dummerweise kommt mir vor, dass unsere Zeit das Strebertum sehr begünstigt. Strebertum passt grad total.

Luis stellt fest: eine Schwangere braucht sehr viel nutzlos und ohne Zweck verbrachte Zeit.

SSW 26+5

Mein Bauch juckt wie Hölle. Ich nehme den Flaschenkühler aus dem Tiefkühlfach, das verschafft Linderung.

SSW 26+6

Es stinkt nach Sonnenlicht.

SSW 27+0

Ich muss mich an die Idee gewöhnen, dass Ikea-Möbel in meine Wohnung einziehen.

SSW 27+1

Braucht jeder Mensch einen Kasten?

SSW 27+3

Luis sagt, ich müsse eben lernen, Nein zu sagen, nachdem ich ihm erzähle, dass mir regelmäßig fremde Menschen auf den Bauch greifen.
Warum bitte muss ich dann lernen, Nein zu sagen?
Es könnte sich ja auch die Welt ändern.

Meine Schwester sagt: »Alle rundherum sind schwanger und kinderwahnsinnig.« Eine Freundin von ihr sei zur militanten Nichtraucherin geworden, sie, die alte Schnapsdrossel und passionierte Raucherin. Ihr Freund habe nun kein Kiffzimmer mehr, weil dort das Babyzimmer eingerichtet würde, sie könne es ethisch nicht vertreten, dass da noch gekifft würde.

Freilich, ein Zimmer, das nur dem Kiffen gewidmet ist, das ist schon Luxus.

Ein anderer Freund wurde Vater, trotzdem sie eine Spirale hat. In London, sie ist 26 und Künstlerin. Er ist in Salzburg in einer Ausbildung, die muss er fertig machen, bevor er in England arbeiten darf. Die beiden kennen sich kaum, mehr so eine Affäre.

Es gibt so viele Mensch-Entstehungsgeschichten, und die wenigsten sind frei von Beschwerlichkeiten. Aber dass ich mich als Frau selbst aufgebe und nur mehr für jene Welt interessiere, die ich gerade erschaffe (diese Welterschaffung ist mir selbst ein Mysterium), erscheint mir dennoch sehr beschränkt. Ich kann doch nicht aufhören, mich für die anderen Welten und Menschen da draußen zu interessieren, ich kann doch nicht aufhören, unterwegs zu sein!

Beim Presseabend der Verlage fragt mich eine Verlegerin: »Kennst eh den Erbsentrick?«
Ich erzähle ihn nachts Alex und er sagt: »Passt, ich besorg morgen gleich zwei Packerl.«

Bei diesem Presseabend in dem wunderschönen, alten Verlagshaus im ersten Bezirk begrüßt mich die organisierende Pressefrau mit weit aufgerissenen Augen und sagt mir, dass sie mich bewundert und dass sie ein paar Stühle im zweiten Saal stehen gelassen hätte, damit ich mich setzen kann.

Dann treffe ich eine Kollegin und ein paar Verlagsmenschen, sie haben sich um einen Stehtisch versammelt und fragen mich: »Ja. Und was trinkst du jetzt?« Sie stellen bedauernd fest, dass es nur Rosé-Prosecco gibt. Ich sage: »Das trinke ich.« Da ernte ich Erstaunen, doch kaum Bestürzung. Entgeisterte Blicke, blankes Entsetzen und eine verbal-ethische Keule ernte ich später für meine – bewusst getätigte – Aussage, ich würde so alle zwei Wochen eine Zigarette rauchen (was, wenn ich darüber nachdenke, gar nicht stimmt). Da hört sich der Spaß auf, da ist's mit der Toleranz vorbei, da ist eine rote Linie überschritten.

Mitten im Raum steht zwischen lauter trinkenden Menschen einsam ein leerer Stuhl.

Warum wird so vieles toleriert, aber keine schwangere Gelegenheitsraucherin?

Dass ich von öffentlichem Interesse bin, daran zweifle ich nicht mehr.

SSW 27+4

Ich trage weiterhin das Zelt. Meine Uniform.

Sich über Neid Gedanken machen. Das muss auch sein.

Woher kommt eigentlich der Terminus sanfte Geburt? Und wem ist das eingefallen?

Heute hat ein Arzt im Radio gesagt, Kinder kämen, wenn sie vaginal geboren würden, empört auf die Welt, und das sei eine gute Voraussetzung. So habe ich das noch gar nie gesehen, dass die ganzen Lethargikerinnen und Lethargiker Kaiserschnitt-Babys sind. Sie sind es ja ein Leben lang: Kaiserschnitt-Babys mit zu wenig Empörungspotential.

Mein körperlicher Zustand ist fantastisch. Ich bin voller Leben.

Ich verfüge sogar über eine nicht unbeträchtliche sexuelle Energie. Und ich stehe sogar der Non-Response auf diese

Energie relativ entspannt gegenüber (aber vielleicht auch, weil ich weiß, Zweiteres geht vorüber).

SSW 28+0

Heute Nacht von Juckreiz aufgewacht.

Wir sind in Maria Luggau.

Die Frühstücksfrau im Frühstücksraum – wir sind die Letzten (obwohl wir am Vorabend schon kurz nach 20 Uhr zum unaushaltbaren Kinderleichen-»Tatort« im Bett waren) – schaltet die Kaffeemaschine für mich noch einmal ein und fragt, als ich einen doppelten Espresso drücke, ob das Baby das verträgt. Ich korrigiere auf die Babys, sage aber, dass es nicht um die Babys, sondern eher um mich geht, beim Kaffeetrinken. Mein Kreislauf oder meine Gewohnheit oder meine Koffeinsucht !!! brauchen das. Trotz !!! Schwangerschaft !!! Alles muss gesund sein und sich nur mehr um das werdende und nicht mehr um das bestehende Leben drehen.

Ein paar Meter weiter – der Tag ist strahlend sonnig und keine Wolke am Himmel – im Kloster zu Maria Luggau (wo schon Papa Benedikt, den der liebe Gott geschickt, abgestiegen ist) gibt es eine Wand mit von Pilgern selbstgemalten Bildern, es geht um Maria-bitt-für-uns und vor allem um Krankheit, die abgewendet oder geheilt, oder um Gesundheit, die bewahrt werden soll, oder um Verstorbene, die gut aufgenommen werden sollen. Sämtliche Bilder drücken Schmerz und Leid und teilweise entsetzliche Seelenpein aus. Im Buch, das dort auch liegt, steht, unter anderen Dingen, die nicht so lustig sind: »Nur Gott hilft! Nicht Maria!«

Auf einem Bild, auf dem in Druckschrift »Maria hat geholfen« steht, hat sich ein Kind oder Jugendlicher (hier finden ja auch Ferienlager statt) einen Scherz erlaubt und zwei Mal ganz schön »nicht« in Schreibschrift dazugeschrieben (im Rahmen stecken zwei Babyfotos), daher glaube ich, dass es ein dummer Scherz ist. Aber makaber. Und was bleibt einem übrig angesichts dieser Wand? Wir würden verzweifeln, wenn wir nicht sofort hoffen könnten. Nirgends steht: »Geil, danke Maria, das Leben ist so super, danke, dass ich so ein gutes, tolles, grelles, mit Leben prall gefülltes Leben habe.«

Auch Gesundheit, jeder Mensch kann sie sich wünschen, aber bringt's das, fragen wir uns, während wir den verschneiten, teilweise eisigen Mühlenweg hinauf gehen. Es geht doch im Leben gar nicht anders, als dass wir den Körper verbrauchen!

Wir müssen doch brennen, und manchmal halt an allen Enden. Darüber sprechen Alex und ich beim Spazieren durch den Schnee. Und ob es egoistisch ist, sich selbst zu verbrauchen, zu verbrennen, ohne Rücksicht auf die Menschen, die einen lieben? Ist das nur schlecht? Und wenn ja, für wen? Für einen selbst? Für die Hinterbliebenen?

Im Kloster habe ich in einen Raum geschaut und den darin befindlichen Mann freundlich und natürlich mit einem herzlichen »Grüß Gott« begrüßt und gesagt, dass wir eh nur schauen. »Da gibt's nix zum Schauen«, kam als eisige Reaktion. »Nix zum Schauen gibt's do«, wiederholte er. Es ist mir schon öfter aufgefallen, dass in Kärnten die Dinge gern zwei Mal, in leicht abgewandelter Form, gesagt werden.

Schon lange keinen Schneespaziergang mehr gemacht. Unterwegs treffen wir einen ortsansässigen und erstaunlich redseligen Bauern (aber wie steht es in der Werbezeitschrift des Lesachtales: »Der Lesachtaler ist kontaktfreudig«), der uns sagt, dass alle aufhören, dass es sich nicht mehr auszahlt und dass der größte Bauer hier (18 Stück Vieh hat er) kein Weib hat, weil er dafür keine Zeit hätte, immer nur Arbeit, und was brächte ihm das jetzt? Wenn er, der höchst redselige Bauer, sich am Abend mit einem Bier hinsetze, brenne beim Weiblosen im Stall immer noch Licht, weil der noch arbeite. Das sei ja kein Leben. Der eine Wirt im Dorf werde bald zusperren – »in zehn Jahren können S' hier viele Häuser kaufen« – und der andere Wirt, der noch im Ort war, ist angezeigt worden, weil er nur am Wochenende schwarz sein Wirtsgeschäft betrieben hat, ein Villacher, nein, ein Lesachtaler, der in Villach Lehrer ist. »Aber«, fragt er: »Habts ihr keinen Hund?« Alle Leute, die kommen, sagt der mittlerweile dauerredende Bauer, haben einen Hund und keine Kinder, so sei das heute. Seinem Dialektrausch über Hunde entnehme ich nur so viel, dass er es eh gut findet, wenn der Hund hin ist. Alex hingegen hat verstanden, dass dem Weiblosen ein Stück Rind gestorben sei. Auf jeden Fall: irgendwas is hin. Hunds- oder Rindvieh.

Der restliche Tag: beruhigend ereignislos. Wir gehen ins Dampfbad, wo Alex leidet. Danach legen wir uns auf der Terrasse noch so lange in die Sonne, bis sie weg ist, und gehen dann in die Kräutersauna, die ich nicht so gut vertrage. Danach gemütlich ins Bett, schlafen, lesen, die Weichheit der Haut genießen. »Monatlich, nein wöchentlich möchte ich so einen Tag«, sagt Alex. Warum können wir das nicht einfach machen?

Jetzt gibt's Abendessen, in meinem Bauch springen zwei herum. Gleich bekommen sie Magengeräusche dazu.

SSW 28+1

Müssen alle Lesachtalerinnen mindestens 20 Kilo in der Schwangerschaft zunehmen? Drei Frauen, die Hotelbesitzerin inklusive, erzählen mir ungefragt und unabhängig voneinander, sie hätten bis zu 25 Kilo zugenommen. Die Hotelbesitzerin fügt hinzu, sie habe kein einziges Kilo wieder abgenommen. Stillen? Nein, bei ihr hätte »das alles« nicht funktioniert. Was »alles«? Das lasse auch ihr stressiger Beruf nicht zu.

Die Frühstückskellnerin sagt mir, sie hätte den ganzen vorherigen Tag an mich gedacht und sich gefragt, wo ich mich herumschleppe. Man könne sich das ja gar nicht vorstellen, wie das sei. »Anstrengend«, sage ich, um nicht aus dem Rahmen zu fallen, und frage mich später, wieso ich nicht gesagt habe: »Besonders, so etwas zu erleben.« Denn es gibt wirklich Schlimmeres, als im Sonnenschein über die Langlaufloipen zu spazieren und den juckenden Bauch mit Schnee zu kühlen.

Über Dinge nachdenken. Bevor wir gefahren sind, hat mich Kristina so zugetextet, dass ich die ganze Nacht nicht schlafen konnte.

Heute Mittag (im Sonnenschein vor dem Wirtshaus in Liesing, »wie im Mai ist es heut«, sagt der Wirt. Wie im Mai!?!) Erinnerung an eine Musikerin, die ein Jahr vor mir das erste Kind bekommen hat und die mich, als sie mir Babykleidung lieh, kurz vor Luis' Geburt, zugetextet hat über Dinge. Es ging um diverse Dinge, die ich, wie alle Mütter, unbedingt brauche. Sie rannte durch ihre Wohnung und förderte Dinge zutage, die ich mir auch besorgen müsse. Mittlerweile lebt sie am Land. Helfen einem Dinge, die ersten, die frühesten Mutterwochen zu meistern? Brauche ich Sachen, um Mutter zu sein, oder reichen Kinder?

Was Mütter alles besorgen müssen, da gibt's sicher Listen im Internet. Mit Zwillingen immer »one step ahead«, sagt eine andere Zwillingsmutter. Fragt sich nur, ahead of what? Or whom?

Heute: Spazieren im Sonnen- UND Mondschein.

Eine Kostümbildnerin sagt mir am Telefon: »Du scheißt dich nix, echt. Die Welt geht unter und du kriegst Zwillinge.« Sie braucht Rat für eine Preisverleihung, bei der sie eventuell einen Preis bekommt. Sie möchte von mir wissen, was sie sagen soll.

SSW 28+2

»Buam oder Gitschn?«, fragt der Mann an der Kassa, der den lokalen Supermarkt mit seiner Frau betreibt, beide 70 und vital.

Gitschn ist ein super Wort für Mädchen (im Gegensatz zum schrecklichen Menscha).

Im vergangenen Jahr sei kein einziges Kind auf die Welt gekommen, aber 13 Maria Luggauerinnen und Luggauer gestorben.

SSW 28+5

Fokussierung auf kleine, überschaubare Aufgaben. Etwa Pickerl abkratzen von einem Kinderbett. Eine sehr befreiende und befriedigende Tätigkeit, wenn auch zeitaufwändig.

In der Früh treffe ich auf der Straße die Mutter eines Schulkollegen von Luis, sie bombardiert mich mit Fragen: Ziehts ihr jetzt um? Hast du schon alles? Kannst du noch gehen? Die Schuhe zubinden? Hast du Sodbrennen? Wohin gehst du? Arbeitest du noch? Eine Fragenkaskade, ein Fragentsunami, eine Fragenexplosion. Sie überschlägt sich (und es würde mich in dem Moment nicht wundern, wenn sie hier vor mir auf der Straße wirklich einen Salto schlagen würde) und landet schließlich bei der Frage: »Rechnest du eigentlich mit einer Geburt?«

Ich bin kurz perplex. Kleine Pause. Dann sage ich: »Ja, das plane ich fix ein.«

Heute hat Alex die alte Couch zerrissen, zerstückelt und auseinandergesprengt, so dass ihm – »ich hab die Spannung unterschätzt« – eine Feder fast den Daumen ausgehebelt hätte. Aus Solidarität wurde mir gleich schlecht, als ich die blutigen, tiefen Wunden gesehen habe.

Nun ist die Couch also weg, an der Hase Charly einst geknabbert hat, deren rechte Seite abgebrochen und wieder angeschraubt war, auf der Luis und viele andere Kinder vor ihm gehupft sind, auf der unzählige Gäste übernachtet haben und viele Mittags- und Vormittagsschläfchen gehalten wurden. Luis und ich sind ein bisschen traurig, er sagt am Abend, er fühle sich jetzt gar nicht mehr so wohl.

Es ist elf Uhr und seit Stunden, seit dem Abendessen, schaue ich im Internet auf irgendwelchen Verkaufsbörsen Kästen durch, womit ich aber leider auch nicht verhindern kann, dass wir einen Kasten anschaffen werden müssen. Bis jetzt finde ich ausnahmslos alle hässlich.

SSW 28+6

Ich bin mit Kastenzweifeln aufgewacht, massiv. Daher der Entschluss: Wir beginnen mit dem Wohnzimmer. Wir malen aus.

Keiner von uns beiden hat ein wirklich gutes Gefühl dabei oder handelt etwa aus tiefster Überzeugung. Aber: Es muss ordentlich und sauber sein. Die Wände weiß.

Heute Vormittag also: alles in die Mitte gestellt, Luis' Bett, Tisch, Stühle, Teppiche, Spielsachen, alles ins Arbeits- und Schlafzimmer, Bilder, zwei Wandtextilien, die Vorhänge runter, Alex holt eine Leiter und mein Malgewand, nichts davon passt mir bis auf ein Leiberl, auf dem »Sparkassen-Cup« steht. Rauf zur Nachbarin, zweite Leiter geholt, über alle Möbel Folie, Luis hupft die ganze Zeit herum und schreit: »Ich arbeite mit dem Mauserl!« Er ist in einer zu kleinen, grauen, zerrissenen Jogginghose unterwegs.

Was dann passiert: Die Wand hinter Luis' Bett bröckelt, brockt ab, es rieselt runter. Wenn wir die Wand nur streifen, entstehen riesige Löcher, teilweise bis zu den Ziegeln. Ratlosigkeit, Verzweiflung. Alex sagt, am Land sei es so viel einfacher, »da gehe ich hinaus, mische Mörtel an und spachtle die Löcher wieder zu.« Die ganze Wohnung hier sei ein Desaster, überall, wo er anstreife, beginne es sofort in eine Großbaustelle auszuarten, Luis weint und ist völlig zerstört, er schreit: »Unsere Wohnung wird nie mehr was.« Ich versuche die beiden zu beruhigen, Alex aber kann nichts anderes, als immer noch mehr Groll über Altbaumiete in der Stadt zu produzieren (anstelle von Uralteigentum am Land). Ich kann meine Verzweiflung noch beherrschen, obwohl ich bereits in den letzten Tagen die Überforderungspanik im Anmarsch merke und einfach auch die Gewissheit, dass alles, was ich mir vornehme, zu viel und nicht schaffbar ist in meinem Zustand, denn es ist ja nicht so, dass ich nicht belastbar wäre, aber ich bin bereits massiv belastet. Ich bin ja übervoll.

Ich kann die beiden davon überzeugen, dass wir einfach dem Vermieter eine Nachricht zukommen lassen können. Der soll das wieder richten, ist ja seine Wand, also auch sein Loch. Luis hupft herum und schreit: »ich will Lego City verkaufen, ich will Lego City verkaufen«, wiederholt das tausend Mal und ich kann fast nicht mehr. Er heult wieder, dann beginne ich auch. Alle sind hungrig.

Ich sage, wir bestellen Burger. Luis sagt, er habe keine Lust auf Burger. Ich weine und beginne währenddessen, aus dem, was im Kühlschrank ist, eine Spaghettisauce zu kochen. Ich stelle Nudeln hin und die blaue Keramikschüssel ins Rohr, was ich sonst nie tue, aber ich denke mir, heute werden die Nudeln in einer gewärmten Schüssel serviert. Ich mache eine Sauce aus Kohl und Speck, sie wird gut, sie schmeckt, aber ich entdecke darin plötzlich etwas Schwarzes, Madenartiges. Ich kann nicht mehr und rufe Alex, er sagt, das ist eine Made oder ein Wurm oder eine Schnecke, auf alle Fälle tot und gekocht, und wir schütten die ganze Sauce weg, auch wenn vermutlich alles außer der Made oder dem Wurm oder der Schnecke essbar wäre. Und sogar die wahrscheinlich. Ich liege im Arbeitszimmer am Sofa und weine. Alex macht neue Sauce, hantiert in der Küche, die Nudeln sind längst Matsch. Ich stehe auf und gehe in die Küche – der Backofen ist auf höchster Stufe, die blaue Schüssel ist sauheiß, ich hol sie raus, stelle sie auf den Herd, fülle Nudeln und Öl hinein, es zischt und dann kracht es. Die Schüssel ist entzwei.

Später fällt Luis ein ganzer Karton aus zusammengebautem Lego aus der Hand, er weint wieder. Sagt, als wir ihn zum Essen rufen, er komme nicht, denn er habe sich kein Essen verdient. Alex' behelfsmäßige Ausbesserungen an der Wand fallen wieder runter, das Kreppband, das er verwendet hat, hält nicht. Er hängt die rote Leuchtschlange auf, die ich vor über zehn Jahren in Paris gekauft habe, schaltet sie an, es leuchtet nur mehr ein Drittel der Leuchtelemente. Ich frage, ob wir wirklich wie geplant noch heute in den 19. Bezirk fahren sollen, um eine Gehschule zu holen, das sei doch alles zu gefährlich.

Als meine Schwester kommt, haben wir unser Wohnzimmer wieder hergestellt und über das Loch an der Wand einen riesengroßen Bogen Backpapier geklebt/gespannt/befestigt. Wir gehen Torte holen. Ich bitte Luis und Alex, mit mir in den 19. Bezirk zu fahren, alleine will ich das nicht. Und da wird's noch erfolgreich: Wir bekommen die Gehschule ins Auto und auch noch ein Mobile und einen Fellsack geschenkt.

Luis fragt uns im Auto: »Was ist eine Gehschule?«
»Ein Käfig für Kinder«, sagen wir.
Er macht ein sehr erstauntes Gesicht. Zu Hause stellen wir die Gehschule auf. Er zwängt sich sofort durch die Öffnung, die entsteht, als ich drei Stäbe rausnehme, und legt sich hinein, eingesperrt wie in einem Käfig.

Zu all dem Sorge um die Gesundheit. Das viele Jucken, von dem ich nachts aufwache, zermürbt das Vertrauen, dass schon alles gut und richtig ist. Ich denke an Vergiftung und so fühle ich mich bisweilen, vergiftet, hysterisch, panisch. Will aber wegen läppischem Hautjucken auch nicht zum Arzt. Alarmiertheit. Ob eh alles in Ordnung ist. Bauchkrämpfe manchmal, Kontraktionen, recht schwere Kreuzschmerzen. Und gegen das Jucken der Haut hilft praktisch nur eiskaltes Duschen.

Positiv: Ich lese ein super Buch.

III. TRIMESTER

SSW 29+0

Hab ich schon einmal geschrieben: über Neid nachdenken.

Mein Neid bezieht sich nur aufs Sozialleben, ich bin neidig auf Leute, die mir sagen: »Morgen treff ich die sowieso«, und schon bin ich neidig, dass ich morgen niemanden treffe. Auf Leute, die viel Geld haben, bin ich gar nicht neidig. Also der klassische Neid betrifft mich nicht.

Heute eine kleine, überschaubare Aufgabe: Familienhilfe der Caritas ansuchen. Alex fragt in der Früh im Bett, ob die dort auch Maurer zur Verfügung stellen.

Das gemeinsame Jahreseinkommen, das ich laut unserer Steuererklärungen der letzten zwei Jahre errechne, ist derart niedrig, dass Geldneid naheliegender wäre als Soziallebenneid.

Oft will ich ja morgen gar niemanden treffen.

Abends im Bett

Ablenkung ist eigentlich der Normalzustand und Fokus die Ausnahme.

Ich komme kaum dazu, das Wunder, das geschieht, dass in mir zwei zusätzliche Herzen schlagen, auch nur ansatzweise zu begreifen. Es sind, genau genommen, keine Zusatzherzen, ich verfüge ja nicht über sie. Das Gute ist, dass es dennoch passiert, auch ohne dass ich es erfasse. Niemand muss es verstehen, damit es passiert. Es: das Unbekannte.

In einem Zeitungsartikel steht: Dass der Mann sich an den Aufgaben beteiligt und Fläschchen gibt und Windeln wechselt, hält er für normal. »Sicher auch mal nachts.« Bei der Geburt werde er aber »definitiv nicht« anwesend sein. »Wenn ich mir den Fuß breche, sitzt meine Frau ja auch nicht daneben, wenn sie ihn mir eingipsen.« Seine Frau (sie ist 30 Jahre alt, steht in dem Artikel, wie alt er ist, nicht) wolle die Kinder alleine mit Hebamme und Arzt auf die Welt bringen. Ich würde, wäre ich verheiratet, meinem Mann schon beistehen, wenn sie ihm den Fuß eingipsen. Ihm die Hand halten, eventuell, wenn er das möchte. Auch unverheiratet würde ich das tun.

Aber hätte ich die Wahl und eine Alternative, ich wäre bei der Geburt auch nicht dabei.

SSW 29+2

Nachts

Es ist nach drei und ich kann nicht schlafen. Meine Beine kribbeln, die Haut juckt, obwohl sie eigentlich schon aufgehört hat mit dem Jucken. Ich drehe mich herum. Es ist keine Angst, ich mache mir Sorgen. Ja, Sorgen wären konkreter. Ich bin aufgeregt, aber weder im positiven noch im negativen Sinn, es ist die angespannte Aufregung totaler Unwissenheit.

So eine Schwangerschaft, das ist ein körperliches Wagnis.

Und dann bemerke ich, wir haben noch gar keine Babykleidung.
Keine Decken.
Keine Überzüge.
Nur ein Loch in der Wohnzimmerwand. »Aber darum musst du dich nicht kümmern«, sagt Alex. Und er hat eigentlich recht.
Brauche ich ein Stillkissen?

Zum Glück, sagt meine Schwester, habt ihr schon eine Wickelablage bekommen, anders wäre das ja nicht zu bewältigen. »Gut, dass ihr solche Freunde habt.« Wir lachen.

Sie meint, wir sollten uns endlich auf Facebook registrieren, um dort der ShareAndCareGruppe beizutreten. Wir ist relativ.
Ich sag: ja. Und weiß, ich mach das sicher nicht.

Ein Buch, das einem gefällt, zu Ende zu lesen, ist nie schön, sondern immer traurig.

Ich habe Befürchtungen, dass sich die beiden wieder umgedreht haben und ich deswegen so starke Rückenschmerzen habe. Mir tut außerdem der Bauch weh, immer wieder krampft es sich zusammen. Wenn ich furze, denk ich mir, ah, eh nur Blähungen. Das Ganze könnte sich zu einer Hysterie steigern, in der ich Wehen und Blähungen nicht mehr voneinander unterscheiden kann.

Apropos: Gestern hat eine Schwangere beim Yoga laut gefurzt. Hat mich an einen meiner zahlreichen Yogastil-Versuche erinnert, als ich bei einer dieser Yogafrauen, die höchst verwunderliche Verrenkungen mit ihrem Körper machen können, etwas ausprobierte, das sich Shadow oder Shallow Yoga nannte, ich weiß nicht mehr. Es gab dabei eine Hocke-Übung, bei der wir den Kopf weit in den Nacken durchstrecken und mit einem zu einem O geformten Mund geräuschvoll Luft einsaugen sollten, bis zum Anus, wie die Verrenkungsfrau immer betonte. Einmal musste ich dabei derartig furzen, dass es mir zwar peinlich war, ich aber zu mindestens gleichen Teilen fand, ich würde Lob verdienen dafür, wie perfekt ich einen Luftstrom durch mich durchblasen kann. Stattdessen haben die anderen Yogis höflich geschwiegen. Gestern hat auch niemand was gesagt.

Dieser Yogastil-Versuch fällt in die Zeit, als wir jeden Abend Gäste hatten und immer getrunken haben. Ich habe nach meinem großen Furz beim Shadowshallow

Yoga zu Hause natürlich davon erzählt und die Situation nachgespielt. Ich weiß gar nicht, woran ich mich lieber erinnere, an den Furz oder an die Nacherzählung.

A room of one's own. Eine super Idee, theoretisch.

SSW 29+4

Heute mache ich mir den ganzen Tag Sorgen um die Liebenswürdigkeit in unserer Welt.

SSW 29+6

Elternschaft ist mehr so ein Frauenthema.

SSW 30+0

Konnte nachts gar nicht schlafen, wobei Alex sagt, ich sei wahnsinnig laut, würde schnaufen und schnarchen und grunzen, mich ständig drehen und offensichtlich schlafen, dabei aber immer wieder sagen: »Ich schlaf gar nicht, ich schlaf gar nicht.« Ungefähr so stressig kommen mir meine Nächte derzeit auch vor.

Dafür haben wir heute Vormittag, nachdem ich Luis in der Schule abgeliefert hatte, noch vorzüglich geschlafen bis kurz vor elf.

Am Weg in die Schule und am Rückweg hatte ich drei Begegnungen voller alltäglicher Seltsamkeit: den Vater von Tobias, dem ich gestern das gemeinsame Kochen von Käsknöpfle (gemeinsames Kochen finde ich dumpfig, entweder jemand lädt mich zum Essen ein oder eben nicht, aber zum Kochen werde ich ungern eingeladen) abgesagt habe, zunächst wegen der Aussicht auf gemeinsames Kochen, letztlich bin ich aber gestern wirklich gelegen ab dem Zeitpunkt, als wir in Wien waren (mit einem kleinen Ausflug zur Aida), so, jetzt hab ich mich in Nebensätzen verrannt. Als wir uns trafen, sagte er jedenfalls ohne wie auch immer geartete Einleitung, er hasse diesen Tunnelblick am Morgen. »Welchen Tunnelblick?«, frage ich. Er: »Den auf die Uhr.« Ich: »Den hab ich nicht, ich muss mich immer daran erinnern und darauf konzentrieren, auf die Uhr zu schauen.« Dann erzählte er mir vom Schifahren, das schön war.

Danach eine Begegnung mit einer der Kaffeetanten. Sie fragt mich: »Bist du schwanger?« Ich: »Ja.« Da bricht sie sofort in Lachen aus, sie hätte das gar nicht gewusst und sie habe mich gerade nur gefragt wegen meines Gesichtsausdrucks und der Handhaltung. Interessant, denn ich hatte die Hände in den Manteltaschen. Das Gespräch machte dann aber ohnehin einen Sprung, hin zu der Frage, ob sie einen 40-Stunden-Job, für den sie sich beworben und den sie bekommen hatte, annehmen solle oder nicht. Den ganzen Tag eingeteilt sein, 40 Stunden die Woche, das könne sie sich nicht vorstellen. Natürlich, ich gebe ihr recht, so etwas hatte ich ja auch noch nie, und für jemanden, der gewohnt ist, Tätigkeiten auszuführen, ist die Vorstellung, Stunden abzuarbeiten, tatsächlich abstoßend. Aber warum bewirbt sie sich dann? Fast glaube ich, sie tut es, um dann jammern zu können. Noch dazu stellte sich am Ende – nicht am Ende ihres Sermons, sondern am Ende meiner Geduld – heraus, dass es sich um einen auf ein Jahr befristeten Vertrag handelt. Ich sagte, ich müsse jetzt schleunigst gehen, und bin in die Schule, um Luis sein Turnsackerl nachzutragen. Dort traf ich auf die Frau Direktor, die mich fragte, ob ich diesmal mehr zugenommen hätte als in meiner Schwangerschaft mit Luis. Ich meine, was soll das? Warum stellen mir ständig nicht nahestehende Personen intime Fragen?

Mama hat am Wochenende gemeint, sie hätte den Eindruck, ich würde nur am Bauch zunehmen und sonst nicht. Sie meint das als Kompliment. Aber so ganz stimmt's nicht: Mein Busen ist zu Venus von Willendorf'scher Größe gereift. Ich plädiere dafür, dass niemand meine oder irgendwelche körperlichen Veränderungen, die kaum beeinflussbar sind, kommentiert. Ich möchte das nicht besprechen, weil das Urteil nie weit weg ist. Urteile über Körper: ganz falsch.

Meine Nerven liegen ein wenig blank. Mir ist schnell alles zu viel. Wenn es etwa darum geht, nach Graz zu fahren, dort am Weg in die Stadt Kinderkleidungskisten aufzulesen und an einem anderen Standort Teppiche zur Reinigung aufzugeben, kann ich in der Nacht davor kaum schlafen, weil mich das im Grunde überfordert.

Letzten Donnerstag beim Yoga war die Tschechin nicht da, deren Eltern in der ČSSR eines der ersten Yogazentren geführt haben, in der Nähe von Prag, und dieses als Freizeitvergnügungsding angepriesen haben, da Yoga Spiritualität ist und dem Regime suspekt war. Sie ist Physiotherapeutin und eine lustige Person. An ihrer Stelle kam eine Hardcore-Esoterikerin, was die alles sagte, kann ich gar nicht mehr wiedergeben. Sie hat die Stunde mit einer Gesprächsrunde begonnen, bei der wirklich jede einzelne Schwangere jedes einzelne ihrer vielen Probleme aufzählen konnte. Die eine hat geschwollene Füße, der nächsten ist schlecht, die dritte hat Sodbrennen, scheißt aber drauf und trinkt dennoch Orangensaft. Ich hätte mir im Nachhinein auf die Zunge beißen können, dass ich, wie es hier immer heißt, meine Sorgen geteilt habe, diese diffuse Unsicherheit, die Ängste der letzten Tage, die ich nicht benennen kann, weil sie sich nicht um Konkretes drehen. Eher scheint mir das Problem darin zu bestehen, dass ich ständig abgelenkt werde. Mich fragen so viele, ob ich etwa eine »natürliche« Geburt (mir ist noch kein gutes Wort untergekommen, »vaginale« Geburt ist mir viel zu intim, um darüber mit anderen zu sprechen, »natürlich« klingt mir zu harmlos, »normal« wiederum komplett unpassend, weil ja auch ein Kaiserschnitt völlig normal ist) plane. Mir geht die Frage schon deshalb auf die Nerven, weil ich so etwas doch nicht planen kann. Ich verstehe die Leute ja, wann treffen sie schon auf eine Zwillingsschwangere, die, so wie ich, den Anschein der Offenheit verbreitet, so dass sie ihr alle Fragen stellen können, die sie je einer Schwangeren stellen wollten. Aber mich lenkt das ab, denn es ist ja nicht so, dass mich diese Fragen NICHT beschäftigen würden. Ganz im Gegenteil, die Frage der Geburt beschäftigt mich sehr, aber im Unterschied zu den Fragenden ist das keine allgemeine Neugier, die mir gerade so über den Weg läuft, sondern mich betrifft sie, direkt. Von meinen Überlegungen werde ich aber immer abgelenkt, weil ich ständig Auskunft gebe. Und die Leute mir dann ihrerseits ihre Geburtserfahrungen oder das, was sie so gehört haben, mitteilen.

Die Hardcore-Esoterikerin auf alle Fälle gab mir den guten Rat, Menschen zu meiden, die mir die schrecklichsten Zwillingsgeburtsgeschichten erzählen. Ein gut gemeinter Rat, für dessen Umsetzung ich allerdings gänzlich zu Hause bleiben müsste. Erst am Freitag hat in Graz nach einer Ausstellungseröffnung ein Schulfreund in größerer Runde im Wirtshaus davon erzählt, dass die Bauarbeiter auf der Baustelle des Landeskrankenhauses tagelang in einem Raum arbeiten mussten, der nur durch Tücher vom Kreißsaal getrennt war. Nach einem ersten Tag des schenkelklopfenden Bauarbeiter-Schmähs ist ihnen selbiger vergangen. Und dann, meinte er, sei was ganz Schirches passiert. Da hab ich schnell gesagt: Erzähl mir nix Schirches bitte. Aber er war schon im Tunnel und hat's erzählt.

Es war ihm entsetzlich peinlich, rot angelaufen ist er, als er es bemerkt hat. Aber ich hab ihm nachher gesagt, pro Schwangerschaft ein Fauxpas.

Tatsache ist, die Hardcore-Esoterikerin, die noch dazu Ärztin ist, hat empfohlen, aus dem Mutterkuchen Smoothies oder Globuli zu machen. Und wenn wir das schon nicht tun, ihn zumindest ganz genau anzuschauen. Was für ein Wunder das sei, das sei das Ding, das unsere Kinder neun Monate ernährt hätte. Dass das alles ein Wunder ist, will ich gar nicht abstreiten, aber ein Mutterkuchen ist dennoch alles andere als ein Anblick, der einem das Wunder des Lebens vor Augen führt (ganz abgesehen davon, dass ein Mutterkuchen allein noch keinen Fötus ernährt hat).

Den inflationären Gebrauch des Wortes Wunder in Zusammenhang mit Schwangerschaft sollten wir sowieso überdenken. Ein Wunder zeichnet sich dadurch aus, dass es üblicherweise nicht vorkommt.

Außerdem dankte sie mir dafür, dass ich meine Sorgen teile, auch das sei wichtig und komme in einer Schwangerschaft eben vor.

Nach der exzessiven Wie-geht's-dir-wo-stehst-du-gerade-Runde meinte sie bei einer Tanzeinlage, zu der sie uns ermutigt hat und bei der wir freestyle mit dem Becken in Achterschleifen kreisen sollten, die Weiblichkeit sitze im Becken. Das war wieder so eine Eso-Dumpfbacken-Aussage. Das Becken ist ein harter Knochen, zum Glück und zum schmerzlichen Unglück. Später am Abend haben Alex und ich sehr gelacht, als ich ihn fragte, wo denn die Männlichkeit sitze. Im Hoden, meinte er, denn der spüre jeden Wind. Womit das Klischee von der feinfühligen Frau und dem grobschlächtigen Mann wunderbar umgekehrt wird. Im Becken spüre ich nämlich keinen Wind.

Ein weiterer Rat der Yogatante war, an die Unterhose eine Glocke zu hängen, wenn sich das Kind oder die Kinder vor der Geburt noch nicht mit dem Kopf nach unten gedreht hätten. Denn diese Kinder-im-Bauch seien äußerst neugierig. Als ich das dann meiner Schwester erzählt habe, meinte sie, sie als Musiktherapeutin müsse dem entschieden widersprechen, denn so eine Glocke an der Unterhose könne auch die genau gegenteilige Wirkung haben.

Ich wäre dafür, dass Alex jeden Morgen zwischen meinen Beinen singt, aber er macht solche Sachen leider nicht. Er hält es für Opfer genug, sich all das in der Theorie anhören zu müssen. Auch das Popobacken-Schaukeln ist vollständig eingeschlafen.

Gestern habe ich mir dann bei meiner Großmutter noch einen Vorwurf abgeholt, sie meinte, es habe doch immer geheißen, sie würde noch Fotos vom Fasching sehen. Heutzutage sehe man ja gar keine Bilder mehr, alle hätten die nur am Handy. Wenn ein Satz mit den Worten »es hat aber immer geheißen« oder »es heißt immer« beginnt, gehe ich davon aus, dass er mit einem Vorwurf endet. Der war freilich ein ziemlicher Blödsinn, dennoch hat sie ihn abgefeuert, musste dann aber selbst zugeben, sogar leicht schmunzelnd, dass ich ihr erst vor drei Wochen ausbelichtete Fotos geschickt hätte.

Bei uns wird heute Nachmittag ein Ikea-Kasten aufgebaut. So weit ist es gekommen.

SSW 30+1

Gestern Abend: Statt beim Vortrag über das Modell des Einküchenhauses war ich beim Yoga und dann meine Schwester bei uns, um den Kasten aufzustellen. Zertrümmerpotential. Aber nur bei mir, die beiden sind ganz gut organisiert.

Meine Nachbarin sagt, wenn du eine Beziehung beenden willst, baust gemeinsam Ikea-Möbel mit ihm auf.

Besuch beim Herrn Doktor.

Er ist der Großmeister der Lethargie, ein Typ, der innerhalb von zehn Minuten vergisst, was er zu tun gehabt hätte. Ich finde es eher unangenehm, jemanden an den Vaginalabstrich erinnern zu müssen, zumal den Frauenarzt, der sich ja selbst daran erinnern sollte.
Er spricht: »Das ist die Femu-Länge.«
Zu wem sagt er das?
Und dann sagt er: »Grosso modo alles in Ordnung.«
Häh?!? Grosso modo?!

Die Urin-Bank des Herrn Doktor:

Am Klo ist kein Platz mehr für einen weiteren Urin-Becher, die stauen sich auf der Ablage vor dem Spiegel über dem Waschbecken und auch rund ums Waschbecken ist schon alles voller Urin-Becher. Urin-Becher, soweit das Auge reicht. Meine Mutmaßung ist: Später schüttet die Sprechstundenhilfe alles ins Klo. So wie hier gearbeitet wird. Nachdem sich eine deutsche, dünne, große Frau aufgeregt hat, geht die Sprechstundenhilfe ins Klo, was sie dort tut, ich weiß es nicht.

Währenddessen tütet permanent das Telefon, sehr laut und im Ton aufsteigend, ich werde halb wahnsinnig vom permanenten tü-tüü-TÜÜÜ.

Das letzte Mal, als ich dort war, haben wir uns noch gut unterhalten. Als ich sagte, es sei witzig, dass Zwillinge auch von zwei Vätern stammen könnten, meinte der Herr Doktor kryptisch, witzig sei das gar nicht. Er hat es auf eine Weise gesagt, dass ich nicht weiter drüber reden konnte. Fast hatte ich das Gefühl, er sei selbst betroffen. Dabei hätte ich gerne gewusst, wie das technisch möglich ist.

Zur Beckenendlage meinte er nur: »Sie wollen eine normale Geburt, wenn ich das recht verstanden habe.« Je länger ich darüber nachdenke, desto absurder kommt es mir vor, dass er das gesagt hat. Er ist doch Arzt. Auch ein Kaiserschnitt ist keine abnormale Geburt. Und wer bitte will keine »normale« Geburt?!?!

Sonst hat er nichts weiter gesagt, auch nicht geantwortet, als ich meinte, mir wäre bei der Geburt vor allem wichtig, dass es für alle Beteiligten sicher und gut verlaufe. Einem anderen Experten wäre das Rutsche genug gewesen, sich über vaginal, normal oder Kaiserschnitt zu äußern.
Aber vielleicht hätte ich den Kreis der Beteiligten präzisieren sollen?

Irritiert hat mich auch, dass er immer von »er« gesprochen hat. Okay, Einzahl und Mehrzahl ist bei Zwillingen nicht so eindeutig, mir ist am Land schon aufgefallen, dass gesagt wird »du erwartest einen Zwilling« oder, noch irritierender, in dieser und jener Familie gäbe es »einen

Zwilling«, damit aber immer das Zwillingspaar gemeint ist. Nun, es sind ja zwei weibliche Wesen, da könnte der Herr Doktor doch »sie« sagen.
Aber ich glaube, er hat das Geschlecht nicht so am Schirm.

Dichorial-diamniot?
Ich weiß leider immer noch nicht, was das bedeutet. Und langsam is es wurscht.

Die Tontechnikerin, die entsetzliche Rückenschmerzen hat, meint, sie will eigentlich kein Geld für Osteopathie ausgeben. Das zahle sich ja gar nicht aus, für die Schwangerschaft, die eh nicht so lang dauere. Das ist ein seltsamer Irrglaube, anzunehmen, der Körper werde wieder so wie vorher, als habe er irgendeine Urform, in die er sich zurückbewege. Als müssten Betroffene eine Schwangerschaft nur durchtauchen und dann sei alles wieder normal. Ein Irrglaube, der allerdings sehr weit verbreitet ist. Eventuell befeuert durch Frauen, deren Arbeitsgerät der eigene Körper ist, Models, Körper-Streberinnen, die fünf Wochen nach der Geburt öffentlich zur Schau stellen, dass sie so ausschauen wie vor der Schwangerschaft. Mir fällt es im Gegensatz zur Tontechnikerin leicht, Geld in das Wohlbefinden meines Körpers zu stecken. Es scheint mir auch nachhaltiger investiert als etwa in eine Still-Wurst (solche hab ich mir vor kurzem in der Babyausstattungsabteilung in einem Möbelladen angeschaut). Eine Still-Wurst scheint mir eine kurzfristige und kurzsichtige Investition zu sein.

Ich hab mich kurz daran erinnert, dass ich einmal bei einem Bewerbungsgespräch für ein Tanzfestival gefragt worden bin, ob ich demnächst vorhätte, Kinder zu bekommen, oder ob ich gar jetzt schwanger sei. Ich war Anfang zwanzig und perplex und hab einfach einen Sommerjob gebraucht, der Oberchef meinte, er müsse das fragen, sonst könne er mich ja nicht einstellen.

SSW 30+2

Ich telefoniere mit Kristina, sie begrüßt mich mit »Happy Valentinstag!« Den hatte ich noch nie am Schirm, oder doch, einmal hat mir ein Mann einen kleinen, wirklich fuzzikleinen Tontopf mit einer mickrigen Pflanze und einem reingesteckten Drahtherz geschenkt, das Ganze hat er aus seiner Umhängetasche ans Licht befördert. Eine weniger ruhmreiche Liebesgeschichte.

Der Scherz des Tages sei, sagt Kristina, dass die Nachbarin ihr ein Herz geschenkt habe.

Kristina sagt, hätte sie noch ein Kind bekommen, sie hätte sich einen Kaiserschnitt überlegt, so sehr, wie ihr Becken mitgenommen sei seitdem. Keine einzige ihrer Freundinnen aus dem Kosovo hätte ihr Kind nicht per Kaiserschnitt auf die Welt holen lassen. Jede sucht sich selbst den Termin aus, zu dem es ihr am besten passt.

Heute in einem reinen Frauen-Yoga-Studio (in dem ich zum ersten Mal bin, ich erhöhe gerade die Dosis, aber hierher komm ich nicht noch einmal). Sofort die obligaten Fragen: Planst du, spontan zu entbinden? Spontan. Auch eine lustige Umschreibung für vaginale Geburt. Ich

antworte mittlerweile dienstbeflissen und routiniert. Ich sage: Ich möchte keinen geplanten Kaiserschnitt, weil ich wüsste nicht, zu welchem Termin es passen würde (lustig, da komm ich jetzt erst drauf, ein Kaiserschnitt muss ja terminlich fixiert werden, ich müsste also zusätzlich zu allen anderen Entscheidungen noch eine treffen).
»Na, das ist ja schon einmal gut«, urteilt die Yogalehrerin.

Sie macht am Ende der Stunde einen Wehen-Parcours, scheinbar macht sie den jedes Mal, denn alle wissen, was sie meint. Alle Übungen davor hat sie im Eiltempo gemacht, am Ende der Stunde entschuldigt sie sich, um fünf Minuten überzogen zu haben.

Der Wehen-Parcours erinnert mich an Schigymnastik, er ist Schigymnastik. Es geht darum, mit dem Rücken an die Wand gelehnt in rechtwinkliger Hocke zu stehen. Die Streif oder eine Geburt, feste Oberschenkel brauchst!

Die Yogalehrerin hat während der neunzig Minuten circa neunhundert Mal gesagt, wir sollten zum Baby atmen. Die Frage ist ja, wie soll irgendwer von uns nicht zum Baby atmen, es ist unser Körper, in den wir atmen, und wir können nur innerhalb dieses Körpers atmen.
Und: »Verbinde deine Herz-Energie mit deinem Baby.«
Was für eine ausgesprochen stumpfsinnige Anweisung.
Wir sind nicht verbunden, wir sind fucking eins!
Auch wenn in einem Körper drei Herzen schlagen.

Ich bin hochsensibel und wittere unterschwellige Vorwürfe. Überall.

SSW 30+4

In der Nacht: Krampf im Oberschenkel. Extreme Müdigkeit, Licht aus. Haut am ganzen Körper beginnt zu jucken.

Hebammengespräch abgesagt.

Ich werde mir doch von so einem lethargischen Arzt mit Urinbechersammlung am Klo nicht die Laune verderben lassen.

Nur Mut!

Pfui, wie mich Neid und Missgunst anekeln.

Ich habe eine Studienkollegin getroffen, die mir sagte, sie mache dieses Jahr Wellness, sie erhole sich vom letzten Jahr. Da habe sie Eizellen einfrieren lassen. Ich wusste nicht, dass das anstrengend ist. Sie sei in eine künstliche Menopause versetzt worden, das habe sie extrem deprimiert, aber nur so produzierten die Eierstöcke besonders viele Eizellen. Aus blanker Panik vor dem Ende der Fruchtbarkeit. Am besten wäre gewesen, sie hätte zwanzig Eizellen produziert, es seien aber dreizehn geworden. »Damit bin ich auch zufrieden«, sagt sie. Die sind nun eingefroren. Sie hat Geld geerbt, das steckt nun in diesem Eizellengefrierschrank. Und wenn sie den richtigen Mann trifft, kann sie ihre eisgekühlten Eizellen aus dem Schrank zaubern und muss nicht den vollen Stress haben, mit diesem Mann, den sie ja erst treffen muss, sofort ein Kind zeugen zu müssen. So irgendwie geht die Logik. Aber vielleicht bekomme sie dann eh auf natürlichem Wege ein Kind. Oder aber sie bekomme in einem Jahr Gebärmutterhalskrebs und müsse die Gebärmutter entfernen, man wisse ja nie. Stimmt, man weiß nie. Deswegen können wir uns nicht absichern.

SSW 30+5

Wir fahren mit unseren lustigen Nachbarn nach Ungarn, in ein kleines Örtchen an der Grenze, das nur aus Pediküre, Maniküre, Schönheitssalons, Verschönerungskliniken und Zahnärzten besteht. Die beiden haben mir zum Geburtstag einen Besuch für Behandlungen aller Art geschenkt, von Gesichtsdampfen bis Zehenmassage. Es war höchst fidel. Nur von Zahnarzt und Botox haben wir uns ferngehalten.

In und um die Stadt herum stehen überall Wegweiser zu den unterschiedlichen Beauty-Etablissements, der häufigste führt zu einem Laden namens »Total Clinic«. Es ist sehr beruhigend, zu wissen, dass es so etwas gibt. Wir haben vereinbart, dass wir nach der Geburt da hinfahren und mich einer Totalbehandlung unterziehen. Einmal alles neu bitte.

SSW 31+0

Die Tontechnikerin sagt, Schwangerschaft sei das Schrecklichste, was sie je erlebt habe.

Die Yogalehrerin sagt: »Schwangere geben so viel. Schauts gut auf euch.«

Die Stunde hat sie heute unter ein seltsames Motto gestellt, nämlich: 40 % geben. In unserer Gesellschaft sei es nämlich so, dass alle immer 100 % geben. Das missfällt ihr. Sie wiederholt das andauernd, das ist so ein Tick im Yoga, dass alles bis zum Verrecken wiederholt wird. Je öfter sie wiederholt, wir sollten nur 40 % geben, desto absurder kommt es mir vor, Energie bewusst zurückzuhalten. Wie weiß ich überhaupt, wann 40 % erreicht sind? Und wozu soll ich das Leben nur zu 40 % leben? Ich glaube, die Logik ist so: Um die 100 %, die das Leben insgesamt ausmachen, möglichst auszudehnen, soll man dem Leben in jedem Moment nur 40 % der Energiereserven widmen. Dann geht sich gesamt mehr aus, rein rechnerisch. Rein praktisch hat dieser Ansatz aber immer einen Haken. Ich hab's durchgedacht.

100 % geben ist ein Zeichen wofür? Für Verschwendung?

Wenn ich mich an vieles Zurückliegende, auch weit in einer Zeit ohne Kind Zurückliegendes, erinnere, merke ich: Am besten waren immer 100 %. Manchmal auch 1000.

SSW 31+1

Der Scherz des Tages: Im AKH fragt mich eine Ärztin, ob mich der Herr Doktor über die Zwillingsgeburt informiert habe. Und schiebt noch eine zweite Scherzfrage nach, nämlich, welche Länge der Herr Doktor gemessen habe (sie meint den Muttermund). So was misst der Herr Doktor nicht.

Die Ärztin ist überaus freundlich. Ich erwarte immer, dass jemand unfreundlich ist. Nie passiert's. Sie sind wieder beide mit dem Kopf nach unten, haben aber »die Führung« gewechselt. Woher sie das weiß? Die oben Liegende bezeichnet sie als »Wirbelwind«, weil sie sie mit dem Ultraschall kaum zu fassen bekommt.

Ich kann das, was auf dem Ultraschallbild zu sehen ist, nicht mit mir in Verbindung bringen. Heute zeigt die Ärztin, während sie mit dem Ultraschallknüppelchen über meinen mit Gel beschmierten Bauch fährt, auf einen weißen Strich und sagt, das sei ein Oberschenkel. Der Bildschirm hängt gegenüber der Schwangerenliege erhöht an der Wand und dient rein zu meiner Unterhaltung. Die Ärztin schaut in ihren eigenen Bildschirm und misst darauf Sachen ab, Maße, die auf den Befunden stehen, die ich mit nach Hause nehme. Sie behauptet also, ich trage einen quer liegenden Oberschenkel in meinem Bauch spazieren. Möglicherweise vier.

Beim Geburtstagsfest meiner Schwester: der Rosé-Sprudel – ein Hochgenuss. Die zweite Schwangere in der Runde schaut mau und sagt, sie könne sich im Bett nicht mehr umdrehen.

Eine Freundin meiner Schwester hält einen Pingpong-Monolog zwischen Selbst-Analyse und guten Wünschen für mich. Ich kann ihr absolut nicht folgen. Eindeutig zu wenig Rosé-Sprudel getrunken.

Den Ausnahmezustand einer Zwillingsschwangerschaft genieße ich sehr.

Ich möchte mir dieses innere Gleichgewicht bewahren, auch dann, wenn ich wieder raus in die Wirklichkeit muss.

Ich unterschreibe ein Volksbegehren. In der Schlange hinter mir steht ein Deutscher und möchte auch unterschreiben. Das darf er aber nicht, denn: er ist ja Deutscher. Verwundert fragt er die Beamtin: »Und trotzdem sind schon so viele Unterschriften zusammengekommen, obwohl nur Österreicher unterschreiben dürfen?«

SSW 31+2

Beim eigentlich sinnlosen Brownie-Backen Erinnerung an die Geburt von Luis und die Zeit danach, als mich die Vorstellung des Todes der anderen so gemartert hat. Nicht mein eigener Tod, sondern dass meine Eltern und meine Großmutter, dass alle, die mir nahe sind, sterben könnten und irgendwann werden, hat mir allergrößte Angst gemacht, und als ich wirklich eine Ahnung von der Endlichkeit bekam, bin ich nur mehr gestrauchelt. Was sich alles verändert hat, nein, dass sich alles verändert hat, seitdem ich weiß, dass es die Endlichkeit gibt.
Kurz Angst: Wie wird das diesmal sein?
Dann: wie gut es derzeit ist. Das möchte ich festhalten.

Mit der Geburt so umgehen wie Werner Herzog, wenn er angeschossen wird. It's nothing significant.

Erinnerung an 2007, 2006, 2005, 2004, Georgien. Damals hab ich mich in der georgischen Innenpolitik besser ausgekannt als in der österreichischen, dort haben alle ständig drüber geredet, hier war es kein Thema, österreichische Alltagspolitik war mir damals vollkommen schnuppe. Goldene Zeiten!

Ich war einmal an einem Theater eingeladen, als Fernweh-Expertin. Dabei war das ein Missverständnis: Ich war damals andauernd auf Reisen, Fernweh kannte ich also nicht. Ich fürchte, eine wahre Expertise im Fernweh werde ich erst in den nächsten Jahren entwickeln.

Geburt als Einwanderung.

SSW 31+3

In der Zeitung schreibt ein schwuler Mann: »Bei Heteros endet das mit Mitte 30, da kommen die Kinder und die Verantwortung. Was kommt bei uns? Ich hab keine Antwort darauf.«
Mit »das« meint er: Party, Disco, Umdiehäuserziehen, bei dem man sich »automatisch mit jungen, coolen Leuten« umgibt. Das ist eine seltsame Einteilung, ich finde, Verantwortung und Party sticht sich nicht gegenseitig aus.

Welche Namen eignen sich für Kinder, die stottern?

Die Hebamme im AKH sagt: Das ist »one in a million« und »ein Lotto-Sechser«: Zwillinge natürlich zeugen, die beide in Schädellage sind. Sie sagt, bei einer natürlichen

Zwillingsgeburt werden selbst die Ärzt*innen immer ganz verklärt und romantisch.

Heute hat mich meine Schwester ins AKH begleitet, sie wollte sehen, wie es in meinem Bauch ausschaut. Wir gehen also gemeinsam in den fünften Stock, Leitstelle 8C, Mehrlingsambulanz.

Von dieser Mehrlingsambulanz hatte ich ihr schon öfter erzählt, konkret jedes Mal, wenn ich sie besuche, die Mehrlingsambulanz. Allerdings, stellte sich heraus, hatte meine Schwester diese Bezeichnung über Monate hinweg falsch verstanden. Sie hatte wirklich geglaubt, die watteweiche Welt des Kinderkriegens hätte sich in Form einer Zwergerl-, Minimaus- oder eben Merlinsambulanz auch in den Gängen einer der Wissenschaft verpflichteten Institution wie dem AKH breit gemacht. Nein, hier in der Leitstelle 8C im fünften Stockwerk des Wiener Allgemeinen Krankenhauses sind Föten noch Föten.

Aber im Ultraschall sehen wir sie dann: die Merlins in meinem Bauch.

SSW 31+6

Die beiden scheinen eine exzellente Lage eingenommen zu haben, ich habe keine Schmerzen. Oder es liegt daran, dass ich aufstehe und nach dem Frühstück wieder schlafe und am Nachmittag schlafe und überhaupt von 24 Stunden 12 liege.

Eigenurintherapie wirkt?

Nachts schlafe ich aber nicht mehr als fünf Stunden durch, beim Einschlafen muss ich alle Energie aufbringen, um mich nicht zu kratzen. Und frühmorgens oder auch mitten in der Nacht wache ich auf und der ganze Körper, nein, Arme und Beine, vor allem Knöchel und Kniekehlen jucken wie die Hölle. Ich hab schon überall Schürf-Scheuer-Kratzwunden.

Wann werden wir uns teilen?

SSW 32+0

Heute Nacht kaum geschlafen, weil der ganze Körper juckt. Am Morgen ging dann auch nichts mehr. Zu Mittag habe ich im Internet »unerträglicher Hautjuckreiz Schwangerschaft« eingegeben und ganz oben war ein Artikel, in dem stand, dass von diesem Syndrom betroffene Nicht-Schwangere nach jahrelangem Leiden oft Selbstmord in Erwägung ziehen. Ich konnte es in der Sekunde nachvollziehen, obwohl ich erst seit ein paar Tagen und Nächten derart akut darunter leide!

Habe mittlerweile Eigenurin, Hesperidenessig, Apfelessig, Eisduschen, extern und intern große Mengen an Schüsslersalz Nummer 7 probiert (Silvia schlägt mir vor: Nachtspaziergänge), aber jede Nacht wird's schlimmer.

Nicht ausprobiert habe ich, Topfen auf die betroffenen Hautstellen zu pappen, weil nicht praktikabel, da ich nicht wüsste, wie der Topfen in den Kniekehlen bleiben könnte. Ich kann ja nicht am Bauch liegen.

SSW 32+1

Der Baumeister, der kommt, um das Loch im Wohnzimmer zu stopfen, sagt: »Ich hätt mir immer Zwillinge gewünscht.«

Luis sagt: »Fitzi und Fatzi nennen wir die Zwillinge.«

Ich gehe zur Pediküre, ich komm nicht mehr zu meinen Füßen.

Es hat minus 12 Grad, es ist so kalt wie schon sehr lange nicht mehr, aber bei uns finden Bauarbeiten statt. Zwei Bauarbeiter, die rauchen, es staubt wie Hölle, alles Mobiliar ist in dem Zimmer, in dem wir den Holzofen heizen. Dann kommt noch Besuch. Wir sind zu fünft im Zimmer, zwischen irgendwelchem Zeug sitzen wir auf alten Stühlen, haben selbst schon ein bisschen staubige Gesichter, und der Ofen bollert. Wir kommen uns vor wie im Wiederaufbau.

Es stellt sich heraus, die Klowand ist ebenfalls feucht, da wird jetzt auch gestemmt, auch im Vorzimmer rieselt alles runter. Weil der Hausbesitzer, seitdem ich hier wohne, seit über zehn Jahren also, nie den Lichthof (warum heißt es Lichthof?) geräumt hat. Da hat sich ein bissel was angesammelt, das nun feucht ist.

Luis und ich kommen bei meiner Schwester unter. Im dortigen Wohnzimmer gibt es ein Ausziehsofa und ebenfalls einen Holzofen. Wir Trümmerfrauen halten zusammen.

Alex hält die Stellung bei den Bauarbeitern, kommt aber nachts zu uns.

SSW 32+3

Letzte zwei Wochen: Haut- und Nervenprobleme.
Wegen der Haut war ich im AKH, aber innerlich alles in Ordnung, meine Leber arbeitet noch. Woher kommt dann das ganze Gift in die Haut?

Es ist nicht ganz ohne, einer Zwillingsgeburt entgegenzusehen.

In einer englischen Zeitschrift lese ich über den Three-brick-Test. Er geht so: Du gibst einem etwa neun Monate alten Baby zwei Holzklötze (kann auch Plastik sein, vermutlich). Das Baby nimmt in jede Hand einen Klotz. Aber dann hältst du dem Baby einen dritten Klotz unter die Nase. Es wird entgeistert sein, von einer Hand zur anderen schauen, eventuell einen Klotz fallen lassen, um den dritten zu nehmen, oder alle drei zwischen Hände und Brust einklemmen. Was auch immer das Baby macht: Es ist sehr clever (steht da). Denn es befindet sich mitten in einem intellektuellen Prozess, der um die Frage nach der Bestimmung des dritten Klotzes kreist. Und dann steht da: »Some of us are still working on this in our thirties. If you're one of those, don't have more than two children.«

Zum Glück ist Luis schon aus dem Trage-Alter raus, sonst wäre ich demnächst intellektuell überfordert und würde ständig ein Kind fallen lassen.

SSW 32+5

Es gibt eigentlich kaum perfekte Tage.
Perfekte Tage sind ganz selten.

Elternliebe, das ist eine Liebe, die nicht halten darf.

SSW 32+6

Vor acht Jahren bin ich dem Schock, ein Kind zu erwarten, damit begegnet, dass ich mir mantraartig gesagt habe, es würde sich durch die Geburt dieses Kindes gar nichts verändern. Überhaupt nichts wird sich verändern, es bleibt alles gleich, wir bleiben die Gleichen.

In den Jahren vor Luis' Geburt war ich einige Male in Georgien, wiederholt in Armenien, zwei Monate lang in Äthiopien, ich war in und um Vancouver unterwegs, zig Male in Berlin, drei Monate in New York, noch einmal in New York, ich verbrachte eine langweilige Arbeitswoche in Vilnius, ich hatte in einer Hochphase der Lust am Ausprobieren drei Techtelmechtel gleichzeitig (was enorm viel Energie zur Beherrschung der Gefühle verschlang), ich war praktisch jeden Abend und jede Nacht unterwegs. Es ist wirklich lustig, dass ich ernsthaft annahm, ein Kind würde mein Leben nicht im Geringsten verändern. Und es wundert mich gar nicht mehr, dass der Aufprall nach Luis' Geburt hammerhart war und mich Jahre der auf- und abschwellenden Verzweiflung gekostet hat.

SSW 33+0

Selbstbefriedigung ist die beste erotische Betätigung in der Schwangerschaft. Sie macht wach und lebendig und ich bekomme immer, was ich brauche.

SSW 33+1

Traumhafter Schneespaziergang gleich in der Früh in Schönbrunn. Gehen sei die beste Geburtsvorbereitung, sagen mir alle, die sich damit auskennen, und alle anderen auch. Aber es muss auch Freude machen, sonst wird's kaum was bringen. Heute Morgen: alles gatschig in der Stadt, es schneit, und in Schönbrunn kaum ein Mensch, ein Vater mit einem Kinderwagen, eine Mutter mit einem Kinderwagen und einer dicken Freundin (sie alle joggen), sonst Krähen. Grau und weiß und knirschig. Ob gute Vorbereitung oder nicht: gut.

SSW 33+3

Durchschlagenden Erfolg haben meine SMS gebracht, ich würde jetzt morgens spazieren gehen: Gestern war ich mit meiner Nachbarin, heute mit meiner Schwester, die Geburtstag hat und der ich dank der SPÖ eine rote Nelke mitbringen konnte, die die SPÖ-Frauen vor der U-Bahn-Station verteilt haben. Denn sicher ist, dass meine Schwester sich wenig an Orten und zu Zeiten herumtreibt, wo und zu denen Politiker*innen etwas verteilen. Denke ich daran, sehne ich mich danach, auch zu denen zu gehören, die sich nicht zu den Zeiten an Orten herumtreiben, zu denen sich alle anderen dort herumtreiben. Ich sehne mich danach, nicht zwischen halb acht und acht vor einer Schule anzutreffen zu sein. Wäre aber falsch, die Tatsache dafür verantwortlich zu machen, dass ich ein Kind und bald Kinder habe, schuld ist die Gesellschaft, die sich so etwas ausdenkt, dass alle Kinder um acht oder halb acht in die Schule müssen. Oder alle um acht oder neun zu arbeiten beginnen. Dass Geschäfte Öffnungszeiten haben, und zwar staatlich verordnete. Ich würde es mir schön vorstellen, wenn jede Schule und jedes Geschäft und jeder Supermarkt dann offen hätte, wenn's den Mitarbeiter*innen und denen, die das Etablissement besuchen, passt.

Letzte Woche wurde Luis eine Hausübung durchgestrichen und er musste sie noch einmal schreiben. »Du musst schöner schreiben«, stand darunter. Muss er?

Die Frau Direktorin meinte mitleidig zu mir, die letzten Wochen seien mühsam, obwohl ich ihr gesagt hatte, dass es mir gutgehe.

Und eine andere Mutter meinte mit einem Blick auf meinen Bauch: »Jetzt haben sie aber Gas gegeben, die beiden. Merkst es auch?« Die richtige Antwort wäre eigentlich Nein gewesen.

Eine Hollywoodschauspielerin, die nicht mehr spielt, sondern voll auf Wellness umgesattelt hat, empfiehlt Yoni-Eier und Vagina-Dampfen. Eine Expertin von Gottes Gnaden.

SSW 33+6

Langsam gehen bestimmte Bewegungen nicht mehr. Eigentlich nicht langsam, sondern jetzt.
»Hat eh lang gedauert«, sagt Alex.

SSW 34+0

Als ich irgendwann früher Kinder wollte, hatte ich keine Ahnung, wovon ich eigentlich rede.

SSW 34+1

Geburtstag meiner Großmutter, in Graz.

Papa sagt: »Was machst denn, wenn die beiden genau jetzt kommen?«
Ich sage: »Es gibt ja auch in Graz ein Krankenhaus.«
Er ist voller Sorgen.

Meine Großmutter sagt, sie war bei ihren Schwangerschaften zwei Mal beim Arzt: einmal am Anfang, einmal am Ende. »Wir haben uns damals nicht so viele Gedanken gemacht.«

SSW 34+2

Super, findet die Kurzfilmregisseurin, dass wir noch zwei Kinder bekommen.
»Und mutig auch!«

Das ist heute mutig. Kinderkriegen ist das neue Mutig.

Und wir sind dann eine Großfamilie, wo viele ja schon Ehrfurcht vor einem Kind haben.

Bei der Eröffnung des österreichischen Filmfestivals nimmt eine Schwangere ein Bad in der Menge. Vor zwei Wochen haben mich die Intendanten des Festivals gefragt, ob ich die Premiere einer Doku über Schrei-Babys moderieren möchte. Die Idee war sehr witzig, allerdings war der Witz nicht beabsichtigt. Ich hab abgelehnt. Mutterschutz.

Irgendwo steht »Nachwehen des Zweiten Weltkriegs«.
Warum ist immer von Nachwehen die Rede?
Das ist doch eigentlich etwas Gutes, etwas, das signalisiert: Die Wunde heilt.

SSW 34+3

Schlossberg: Empfang Steirische Filmwirtschaft, das kulinarische Highlight des österreichischen Filmfestivals, und die Zwillinge liegen zum Glück so, dass mein Magen Essen aufnehmen kann. Meine Schwester und ich sind zu Fuß raufgegangen, meine Mutter, die meine Schwester zum Karmeliterplatz gebracht hat, meinte, der Papa mache sich solche Sorgen, und dass ich jetzt auf den Schlossberg zu Fuß gehe, das bereite ihm die allergrößten Sorgen. Wir gehen im Schneckentempo. Nur trage ich mein Schneckenhaus vorne. Mein Bauch ist wirklich so groß wie ein ganzes Haus.

Der Freund meiner Schwester, mit dem ich kurz vorher telefoniere und ihm sage, wir gehen zu Fuß, versucht mich sogar noch einmal zu erreichen, vergeblich, da er mir, wie er mir später sagt, sagen wollte, ich solle nicht zu Fuß gehen, denn als meine Schwester zu Fuß auf den Schlossberg und wieder runtergegangen sei, sei daraufhin ihr Sohn auf die Welt gekommen.

Genau das Gleiche erzählt sie mir. Und sagt: »Also heute Nacht kommen die sicher.«

Als ich den Empfang der Steirischen Filmwirtschaft verlasse, sagt mir noch ein Schauspieler, den ich persönlich überhaupt nicht kenne, er steht neben einem Bekannten, mit dem ich mich kurz unterhalte, also der Schauspieler sagt zu mir: Nein! Auf keinen Fall solle ich mehr gehen, die kämen dann sicher auf die Welt.

Ich nehme die Bahn hinunter, es ist 22:20, so früh habe ich diese Veranstaltung noch nie verlassen, setze mich auf den einen Klappsitz, den es gibt, lasse die Beine baumeln und mache mir Sorgen, dass die über steilstes Gelände fahrende Zahnradbahn eventuell zu viel rütteln könnte, so dass mir das Nicht-zu-Fuß-Hinuntergehen letztlich zum Geburtsanstoß wird.

Die Nacht über kann ich kaum schlafen, es ist heiß im Zimmer, ich habe zuviel gegessen und vor allem habe ich ständig Angst, die Fruchtblase könnte springen. Erst als es dämmert und kurz vor sechs Uhr ist, schlafe ich tief ein und wache um acht auf, froh, noch nicht zu gebären, aber vor allem wieder befreit vom dramatischen Potential der Nacht. Und muss wieder über die Idee lachen, dass ich die Premiere der Doku über Schrei-Babys und ihre traumatisierten Eltern moderieren sollte.

Ich riskiere keinen Kinobesuch mehr und nehme um 10:26 den Zug nach Wien, den vermaledeiten Railjet, dessen Sitzentwickler den elektrischen Stuhl verdient (der ergonomisch sicherlich besser ist als die Railjet-Sitze).

SSW 34+4

Es regnet in Strömen, so wenig Sonne wie diesen Winter hatten wir schon lange nicht mehr. Und in den nächsten Tagen wird's wieder kälter.

In der Wohnung ist noch immer so viel zu tun und zu putzen, dass ich mich in höchstem Maße konzentrieren muss, um mich nicht an allen Ecken und Enden zu verzetteln.

Nun beginnt das Ende der Schwangerschaft, seit ein paar Tagen kann ich beim Yoga bestimmte Bewegungen überhaupt nicht mehr machen, zum Beispiel ohne massive Hilfsmittel am Rücken oder auf der Seite liegen. Meine Beine sind während der gestrigen Fahrt im Railjet angeschwollen, das hätte ich an ihrer Stelle aber auch getan, bei dieser Unbequemheit. Da muss ich nicht einmal schwanger sein. Der Railjet ist seit seiner Einführung eigentlich ein Grund, nicht mehr Zug zu fahren. Was war das bequem früher! Als wir die Sitze ausgezogen haben! Als es Abteile gab! Als ich ausgestreckt von Graz bis Wien und von Wien bis Graz schlafen konnte! Es wird nicht alles immer schlechter, aber der öffentliche Zugverkehr auf jeden Fall.

SSW 34+5

Entscheidet irgendwer, Kinder zu bekommen?
Fast niemand so richtig.

Kristina: Sie wird ab August wieder arbeiten, zweieinhalb Tage pro Woche. Aber sie will nicht, dass ihre eineinhalbjährige Tochter in die Krippe geht.

Seit gestern habe ich, glaub ich, Senkwehen. Ich kann die Wehenarten nicht genau unterscheiden, kenne vielleicht auch nicht alle, aber es zieht nach unten. Ich komme mir jetzt immobil vor. Seltsam. Dass ich aber ein Schwachoni sei, wie Luis mir heute im Schneetreiben am Weg zum hässlichsten Platz der Welt, wo wir meinen Neffen in Empfang nehmen sollen, mitteilte, ist frechste Übertreibung. Ich habe ihm erklärt, wie andere Zwillingsschwangere kurz vor der Geburt unterwegs sind (nämlich nicht), und er hat sich nach einem längeren Sermon über Gewicht, Hüften, Becken und Schambeindruck (Alex meinte, ein Schambeingurt wäre hilfreich) entschuldigt. Er habe keinen Vergleich. Und das stimmt ja.

Ich sehe bei einem Kiosk auf dem Cover eines Revolverblattls (was auch immer das konkret ist, auf jeden Fall ein super Wort), dass eine der britischen Royals auch schwanger ist. Denn – untrügliches Zeichen – sie hält ihren Bauch. Darin trägt sie mehr als nur ein Embryo, denn sie ist ein königliches Gefäß. Ich frage mich, was es mit einem Kind macht, wenn es, kaum auf der Welt, bereits in vorzeigbares Gewand gesteckt wird und mit seiner geschminkten und in ein ordentliches Blümchenkleid verpackten Mutter durch eine Tür des Krankenhauses muss, auf die seit vielen Stunden viele Kameras gerichtet sind, in Erwartung, dass sie aufgeht und eine Mutter in High Heels für ein paar Momente herauskommt, um ein Baby zu präsentieren, das, in königliche Tücher gehüllt, ohnehin unsichtbar ist. Und dass eine Frau so etwas freiwillig macht. Ich hätte die Befürchtung, dass ich in den High Heels nicht sicher stehe und Blut die Beine runterrinnt (in die High Heels hinein).

Ganz werden die Zweifel nie aufhören, ob es klug ist, Kinder zu bekommen. Ganz wird das nie aufhören, dass ich mich frage, welcher von außen auferlegte Bestimmungszwang mich dazu bringt, Mutter zu sein, statt ein lustiges, unabhängiges, freies Leben zu führen.

Ich werde das Gefühl nie loswerden, dass kinderlose Frauen mir eine Nasenlänge voraus sind, dass sie die bessere, die unkompliziertere und auch die emanzipiertere Entscheidung getroffen haben. Das ist etwas, das tief in mir drinnen nagt und immer wieder an die Oberfläche dringt, sich Raum verschafft.

Salvador Dalí wurde exhumiert!
Nun ist der Vaterschaftsstreit beendet!
Eine Wahrsagerin wollte seine Tochter sein!

Eine Kollegin schreibt mir eine Nachricht: »das leben mit kindern ist vor allem am anfang sehr oft verrückt und gleichzeitig unbeschreiblich schön.«

Ihr Sohn, eineinhalb. Ihre Tochter, vier.

»die zeit verfliegt. abgestillt, ich arbeite wieder … es beginnt wieder so etwas wie normalität und mein leben.«

Das sind so Phrasen. Vor allem die von »mein Leben« hört man immer. Wessen Leben ist denn die Zeit des Kinderkriegens und -versorgens, wenn es nicht meines ist? Gibt es Normalität nur ohne Kinder?

Ziemlich lustig finde ich, dass Luis' Volksschullehrerin von ihm wissen möchte, ob die Geburt von Zwillingen fix ein Kaiserschnitt ist.

Die Lehrerinnen schreiben den Kindern vor, welche Tube Uhu sie verwenden dürfen (und lassen sie eine neue bringen, wenn ihnen ihre Eltern eine falsche mitgegeben haben), verbieten ihnen, Latella mit in die Schule zu nehmen (das kann man nämlich bestellen), und kleben ihnen Stopp-Tafeln in ihre Lernhefte (bis hier, aber nicht weiter darfst du lernen), aber wenn es um die Befriedigung der eigenen Neugierde geht, gibt es keine Grenzen und kein Halten, dann werden die Kinder und ihre Offenheit schamlos ausgenützt, um durchaus sehr intime Details zu erfragen.

Ich werde nicht aufhören können, mich darüber zu wundern, wie viele und vor allem welche Menschen von mir wissen wollen, welche Art von Geburt die Zwillingsgeburt ist.

Mich selbst beschäftigt das natürlich überhaupt nicht.

Auch Wie-liegen-sie-Gespräche möchte dauernd irgendwer mit mir führen. Ich befasse mich viel mit der Frage, wie die zwei in mir liegen, sich drehen, sich bewegen, ob sie so liegen, dass eine vaginale Geburt möglich ist, oder nicht, mein physischer und emotionaler Zustand ist davon stark beeinflusst, ich bin deswegen nervös, versuche, Alex meine Nervosität zu vermitteln, er versteht sie nicht. Es ist intim, wie-liegen-sie ist nur der technische Aspekt, ich bin in einem Tri-Gespräch mit mir selbst. Ich versuche ganz genau darauf zu achten, welch verwunderliche Vorgänge in mir vonstattengehen. Der eigene Körper bleibt ja immer ein Mysterium. Ich würde gerne darüber bestimmen. Wenn Herzblut fließen soll, soll's fließen.

All das ist feinstofflich, ich bespreche das nicht auf der Straße mit irgendjemandem, der grad mal so »wie liegen sie?« fragt.

SSW 35+2

Frühlingsbeginn und ich kann wie ein neugeborener Zwilling »meine Temperatur nicht halten«. Es ist ganz schlimm, wie ich friere, und auch meine Haut beginnt wieder zu jucken.

Gestern in der Zeitung gelesen: Ein Arzt sagt: »Stellen Sie sich vor, Sie werden um drei Uhr morgens aus dem Schlaf gerissen und aus dem warmen Bett aus dem dritten Stock in einen eiskalten Pool geworfen.« So fühle sich ein Kaiserschnitt für das Geborene an (Neugeborenes ist ein Pleonasmus, oder?).

Ich verstehe schon, dass es ohne entsprechende Indikation nicht unbedingt sein muss, aber der Kaiserschnitt bleibt schon noch eine manchmal überlebensnotwendige Operation. Mir geht das ganze Kaiserschnitt-Getue auf die Nerven.

Was ich an dem Vergleich nicht verstehe, ist der Jump aus dem dritten Stock.

Traum: Ich sterbe.
Ich fahre in einem Lift, der nur eine Eingangstür hat, aber keine Wände. Ich falle runter, es zieht mich runter, ich falle tief und ich sterbe. Alex ist dabei. Mama sagt mir später, als ich schon tot bin, es sei ihr erlaubt worden, meine Asche mitzunehmen in den Garten, wie toll das doch sei. Ich sage ihr, mir müsse sie das nicht sagen, ich sei ja die Tote, sie müsse mit den anderen reden.

Eine Volksschulmutter sagt heute früh zu mir: »Ich werde dich dann total ausfragen, wie das ist, zwei zu werfen.« Das ist ein Wort, das ich nicht laut aussprechen kann, ich kann es sogar fast nicht schreiben, so unangenehm ist mir diese Wortwahl (es fällt in die Kategorie »Stecher«).

SSW 35+3

Nachts

Ich bin die Verkörperung einer Katastrophe (einer weiteren).

Es ist besser, mich nicht für ganz voll zu nehmen.

SSW 35+4

Ich finde, niemand darf zulassen, dass die eigenen Ängste das Leben der eigenen Kinder bestimmen.

Das Wagnis ist nicht nur körperlich, es ist auch seelischer Natur. Danach wird vieles andere wurscht sein.

Nachdem Alex am Dienstag mit im AKH war, braucht er eineinhalb Tage, um sich davon zu erholen. Wobei der Besuch völlig unaufregend war, alle sehr, sehr nett waren, alles mit den Kindern in Ordnung ist und es mir auch gut geht. Natürlich kann niemand sagen, wann und wie die Geburt stattfindet. Ich meinte dann, ob ihm ein Kaiserschnitt lieber wäre. Er findet beides schrecklich. Daraufhin meinte ich, er könne ja auch zu Hause bleiben. Daraufhin meinte er, es sei auch schrecklich, zu Hause zu warten.

Körperlich am wohlsten haben mir während dieser Schwangerschaft ich selber und meine Schwester getan, die mir vor zwei Wochen eine Hüft-Feldenkrais-Behandlung gemacht hat. Das war eine immense Wohltat.

Ich finde, dass Leute, die bei einer Geburt dabei sind, sich ordentlich benehmen sollten.

SSW 35+6

Es hilft nix: Der schwangere Körper ist ein Körper öffentlicher Auseinandersetzung.

Da werden Persönlichkeit, Intimität, Privatsphäre ignoriert, es ist unglaublich.

SSW 36+0

Ich werde mir das Hirn aus dem Schädel ficken, habe ich mir vor zwei Tagen nachts gedacht, als ich nicht schlafen konnte, Alex schwer geschnauft hat, seine Füße bei meinem Kopf und ich mich ins Arbeitszimmer verlegt habe, um zu lesen, um allein zu sein, um mich im wohligen Gedanken an die künftige sexuelle Dauerbeschäftigung fallen zu lassen.

Kurz darauf hab ich einen Schüttelfrost bekommen, minutenlanges Zähneklappern, und bin wieder zu Alex ins Bett, der nicht aufhörte, mich zu fragen, was ich denn gemacht hätte, dass ich so zittere. Trotz mehrmaliger Versuche konnte ich wegen des Zähneklapperns nicht antworten, er hörte aber nicht auf zu fragen, und als ich dann wieder sprechen konnte und ihm alles erklärte, hat er, wie sich am Morgen herausgestellt hat, bereits wieder geschlafen, da er mich kurz nach dem Aufwachen schon wieder fragte, was ich denn gemacht hätte, dass ich derart gezittert hätte, nachts.

Ist es möglich, Feministin und Mutter zu sein, diese Frage ist mir heute früh in den Sinn gekommen. Sie ist bestechend einfach, in ihren Folgen aber hochkomplex und deswegen habe ich beschlossen, sie nur aufzuschreiben.

Ich denke, dass sie mein inneres Dilemma erfasst.

Gestern Nacht hatte ich wiederkehrende extreme Schmerzen im rechten Unterbauch. Mir war irgendwie klar, dass es keine Wehen sind, gleichzeitig war es so schmerzhaft, dass es welche sein hätten können.

Wehen, hat mir eine Ärztin gesagt, vor denen solle sich keine Schwangere fürchten. Denn jede Wehe bedeutet, dass etwas weitergeht und dass es eine weniger ist. Eine sportliche Art, die Sache zu sehen, sie gefällt mir.

Wir sind bei Namen angekommen. Aber wir sagen sie niemandem. Mal sehen, was wird.

Auf die Welt kommen ist, naja, auch eine Formulierung.

SSW 36+1

Ich habe so viele Sachen unter meinen Rippen.

Die Yogalehrerin sagt: »Schwangere tun mir gut, aber Neugeborene nicht wirklich.« Sie steht im Gang des Yogastudios vor den Garderoben und erzählt, dass Rebekka – Rebekka mit dem grünen Trägerleiberl, die bis zur 40. Woche zum Yoga kam und sagte, sie fühle sich wahnsinnig wohl als Schwangere – vor einer Woche ihre Tochter bekommen habe und nun schon unterwegs sei. Sie wäre bei der Bücherei gewesen und dann vor der Yogastunde vorbeigekommen und lasse alle lieb grüßen.

»Eine Woche nach der Geburt«, sagt die Yogalehrerin. Dabei solle man acht Wochen Ruhe einhalten. Weiters:

bis zur zwölften Woche unsicher sein, ab der 27. Woche aus dem Gröbsten raus sein, bis zur 38. Woche gebären (Zwillinge). Acht Wochen Ruhe einhalten! Mindestens drei Monate stillen. Nicht mehr als sieben Kilo zunehmen. Eine bestimmte FEMU-Länge haben. Auf sich selbst schauen. Rebekka hat eine Hausgeburt gemacht.

Gestern telefoniert wegen der Alm und dass wir diesen Sommer nicht kommen. Aber bereits für den übernächsten Sommer reserviert. Die Bäuerin ist hocherfreut ob unserer Neuigkeiten. Und sagt mir zum Schluss unseres Telefonats, sie sei Großmutter geworden. Dabei ist die nur ein paar Jahre älter als wir. Ihr Sohn ist 22, seine Freundin 20, jetzt haben sie ein Kind. Sie, die Mutter, hat ein Pferd auf der Alm, er, der Vater, hat uns vor wenigen Jahren noch mit dem Gedröhn des Gatschhupfers, mit dem er nachmittagelang durch den Wald gebraust ist, wahnsinnig gemacht. Das war, als Luis ein paar Monate alt war und wir das erste Mal allein mit ihm auf der Alm und sich bei mir das irritierend unzuordenbare Gefühl eingestellt hat, ich lebe das Leben falsch. Was ich tue, wie ich jene Zeit, die ich gestalten kann, gestalte, entspricht mir nicht, sondern einer Norm. Ich habe dem Bild einer Jungmutter entsprochen, die auf der Alm die Ruhe sucht, dabei hat in mir selbst alles gedröhnt und, noch ohne es klar zuzulassen, habe ich mich nach langen Sommernächten allein unter unbekannten Menschen gesehnt.

Die Bäuerin fragt, ob wir dann diesen ganzen Sommer in Wien sein werden. Nein, sage ich, viel am Land (und denke daran, wie langweilig mir im vergangenen Jahr im Laufe des August geworden ist). Gut, sagt sie, am Land sei ja alles so viel praktischer. Das meiste von »alles« brauche ich zum Glücklich-Sein nicht.

SSW 36+2

Gestern Abend haben Alex und ich uns unterhalten. Alex hat gemeint, was ist da los mit unserer Generation, alle rennen wegen ihrer Eltern zu Therapeut*innen. Silvia hat die Therapie, die sie wegen ihres Vaters begonnen hat, letzten Sommer nach drei Jahren abgeschlossen. Meine Sprechtrainerin sagt mir, sie müsste in Therapie, wegen ihrer Mutter. Allein kriegt sie das nicht auf die Reihe. Also habe ich Silvia nach dem Kontakt zu ihrer Therapeutin gefragt. Da sagt die mir, sie habe sich überlegt, nun auch wegen ihrer Mutter mit einer neuerlichen Therapie zu beginnen. Es verhält sich nämlich so, sagt sie: Man beginne mit den Vätern, die wirklich harte Nuss sei aber die Mutter.

Am Sonntag hat mir die Sprechtrainerin eineinhalb Stunden ihr Mutterleid geklagt, ohne Atempause.

Und Silvia, die nach zwei Monaten aus Ulan Bator zurückgekehrt ist, sagt, sogar dort in der Ferne habe sie noch Nachrichten von ihren Eltern bekommen, dass sie undankbar und ihr alles andere wichtiger sei als die Familie, wo aber doch letztlich nur die Familie zähle, weil man sich nur auf die Familie verlassen könne. Dieser Vorwurf ist kokett und absurd: Über diverse Landesgrenzen hinweg kann Silvia fix darauf zählen, dass die Familie sie verlässlich an den wundesten Punkten trifft. So weit kann sie gar nicht weg- und verreisen, dass sie die Familie nicht fertigmachen kann.

Ich habe zu Silvia gesagt: »Fahr zu deinen Eltern und komm schnell wieder, wir machen eine kleine Osterjause.« Da hat sie gedanklich die Hände über dem Kopf zusammengeschlagen. Hu-la-la! Das sei undenkbar, einmal habe sie es gewagt, am Ostersamstag nicht zur Jause zu ihren Eltern zu kommen, und das werde ihr immer noch vorgehalten. Ich vergegenwärtige mir eine gut 40jährige Frau, die von ihren Eltern gezwungen wird, zur Osterjause zu erscheinen. Und das ist, so scheint mir, nicht einmal die Ausnahme.

SSW 36+3

Woher werden meine Kinder kommen?

Alex hat mir seine Haltung in Bezug auf den praktischen Umgang mit der Geburt erklärt, wobei ich naturgemäß nicht alles verstanden habe. Mir ist klar, dass Geburt und Tod nahe zusammenliegen, oft werden diese beiden Ereignisse zusammengedacht, in ihrer Intensität, ihrer Unerklärbarkeit. Auf jeden Fall hat Alex beides schon miterlebt. Ich finde ja, dass er konkret im Kreißsaal dann eher nicht darüber nachdenken muss. Aber es ist nicht so dramatisch, Tatsache ist, wir haben über die Dinge gesprochen und darüber, dass er ein Unsicherheitsfaktor ist, und er hat mir gesagt, dass er sich lieber jetzt noch nicht damit beschäftigt, weil wir nicht wissen, was wird, damit er sich dann auf alles einlassen kann. Das habe ich voll verstanden.

Was ist das mit dem Stillen? Ein hochaufgeladenes Politikum und kein Weg der Nahrungszufuhr für Säuglinge und Kleinkinder. Im Grunde aber die private Entscheidung jeder Mutter, abhängig vom eigenen Körper und der eigenen Verfassung. Würde über Junkfood-Zufuhr für Kinder derart hitzig debattiert werden wie über das Stillen, alle Kinder wären recht gut ernährt. Es wird Folgendes vermittelt: Stillen ist wichtig, Stillen muss sein, gegen Allergien, für die gesunde Entwicklung. Sechs Monate lang muss das sein. Acht Monate lang, okay, muss aber nicht mehr unbedingt sein. Alles ab einem Jahr wird schief angeschaut, und ab zwei Jahren überwiegen die Argumente, weshalb es sicherlich schlecht ist für die Entwicklung des Kindes.

Stillen ist so praktisch, heißt es: so einfach.
Nein, meistens wird gesagt: »Stillen ist am einfachsten!«
»Stillen ist einfach am praktischsten!«
Einfach, praktisch, für wen? Stillen ist einfach für alle, außer für die Mutter. Praktisch für alle, die es nicht tun, sich nicht kümmern müssen. Für eine Mutter mag es auch praktisch sein, für eine Frau ist es weder einfach noch praktisch. Zumal, wenn es Zwillinge sind. Tandemstillen: ein neues Wort in meinem Leben.

»Sind das Zwillinge?« Das, sagt mir eine Zwillingsmutter, sei die Frage gewesen, die ihr nach der Geburt am öftesten gestellt worden sei, wenn die Leute in ihren Kinderwagen geschaut hätten. In den Zwillingskinderwagen wohlgemerkt.

In der 37. Woche mit Zwillingen, das sehe man selten, sagte die eine Yogalehrerin, die die andere vertritt, die auf Madeira ist. Das sei sehr selten. Eine andere Mitschwangere sagt, sie möchte auch am Ende noch so fit sein wie ich. Und dass ich so diszipliniert sei. Es ist schön, Komplimente zu bekommen, aber mit Disziplin hat das viel weniger zu tun als mit dem Bedürfnis, der Notwendigkeit, mich zu bewegen. Heute ist jeder, der sich bewegt, diszipliniert. Dabei ist der ganze Körper darauf ausgelegt, sich im wachen (wie auch im schwangeren) Zustand zu bewegen, die Disziplin brauche ich eigentlich fürs Sitzen.

Und wieder höre ich, schnappe den Satz auf, ja, sie hatte eine ganz schöne Geburt. Immer wieder habe ich das in den letzten Monaten gehört, eine ganz schöne Geburt. Ich habe keine Angst mehr und bis zu einem gewissen Grad freue ich mich mittlerweile (auf das Ergebnis eher als auf das Ereignis), aber unter einer schönen Geburt kann ich mir nichts vorstellen. Was hält die Frauen eigentlich davon ab, über die Geburt Klartext zu sprechen? Selbst die Hebammen sagen nichts. Es ist wie ein stiller Pakt unter allen Mitwisserinnen, dass sie Frauen, die ihr erstes Kind bekommen, nicht sagen, durch welche Hölle sie während einer Geburt gehen werden. Es ist eine unbeschreibliche Hölle, aber das ist noch lange kein Grund, den Versuch einer Beschreibung nicht einmal zu wagen.

Als ich in der Garderobe des Yogastudios mit einer Frau spreche, die in der Stunde gesagt hat, sie würde bereits moxen (und ich zum ersten Mal leibhaftig eine Person vor mir sehe, die meint, sie könne den Fötus in ihrem Bauch dazu bewegen, sich umzudrehen, indem sie sich rauchende Stäbchen an die Zehen hält), und ihr sage, dass meine erste Geburt sehr schwierig gewesen sei – nur das, nicht mehr! –, sagt sie ganz schnell: »Bitte hör auf zu reden, ich will davon nichts hören.« Gerade, dass sie sich nicht die Ohren zuhält und laut zu schreien beginnt.

Einmal war ich bei einer Veranstaltung über die Hölle, bei der ein Philosoph einen Vortrag über Schmerzen gehalten hat. In der anschließenden Diskussion meldete ich mich zu Wort, obwohl es mir unangenehm und ich aufgeregt war und ich mir dachte, ich muss das doch nicht tun, da ins Mikrophon zu sprechen, aber ich wollte dann doch sagen, dass ich es beachtlich fände, dass er einen einstündigen Vortrag über die Unerträglichkeit von Schmerzen halten könne, der mit einem Zahnschmerz beginnen und seinen schmerzlichen Höhepunkt bei einem angehauten Schienbein finden würde, und dass er dabei den Geburtsschmerz nie auch nur erwähne. Es sei, so sagte ich, der erste Schmerz, der mir einfalle, wenn ich an Höllenschmerzen denke. Und auch der letzte. Der Vortragende brabbelte daraufhin alles Mögliche in komplex-komplizierten Satzkonstruktionen und meinte dann, er hätte dieses Minenfeld nicht betreten wollen. Als wäre das eine Rechtfertigung für seine Themenverfehlung. Kurz darauf erhob sich ein älterer Herr, einer von der Sorte, die es geschafft haben, unter ihrem Trachtenjopperl ein beträchtliches Bierbäuchlein anzusammeln, und meinte, bevor er seine Frage stelle, würde er gern die vorherige Wortmeldung kommentieren, meine natürlich, man (also die Gesellschaft in Person des Trachtenjopperlträgers) müsse sich in Anbetracht dieser Wortmeldung nämlich die Frage stellen, warum es so viele Kaiserschnitte gäbe, praktisch die Hälfte aller Geburten. Er sagte es vorwurfsvoll und das war auch das, was ich verstand: den Vorwurf, wir Frauen würden uns ohnehin vor diesem Schmerz drücken, uns klammheimlich davonstehlen. Statt vertikal aufzureißen lässt sich die Hälfte von uns horizontal aufschneiden, das nenne ich Schmerzverweigerung! Als wäre ein Kaiserschnitt eine Wellness-Behandlung. Abgesehen davon verstand ich überhaupt nicht, was er feststellen wollte und warum er sich überhaupt dazu berufen fühlte, auf mein Statement zu antworten. Doch, ich verstehe es: Er ist berufen. Das ist der Unterschied.

In der Pause nach diesem Vortrag kam ganz aufgeregt eine ältere Frau zu mir und sagte, dass mein Kommentar aber so was von entbehrlich gewesen war. Kinder zu bekommen sei etwas Wunderbares und ich solle nicht so wehleidig sein.

Ich hatte mich auf dieses Minenfeld begeben, dort ist es nicht lustig, und ich verstand den Philosophen mit der Themenverfehlung. Wer sich das Recht herausnimmt, auf das eigene Geschlecht, das biologisch weibliche, zu verweisen, und sich zu einem Höllenschmerz jener Sorte äußert, den nur Frauen erleben können, wird gleich mit Dreck beworfen.

Damals dachte ich mir: gemäßigter Feminismus, das tät euch allen gefallen!

Es fällt mir ganz schwer, Philosophen ernstzunehmen, die sich Themen wie der Entstehung des Lebens verweigern. Über weite Strecken fällt es mir also schwer, die Philosophie ernstzunehmen.

Alex und ich sind seit Samstag Abend allein. Luis ist in Graz, kurz war er bei einem Freund, der aber derart unhöflich zu ihm war, dass er nach einem Tag meinte, er finde in dieser Wohnung das Klo nicht und wolle deswegen lieber wieder zu seinen Großeltern. So hört er nun mit seiner Urgroßmutter Pinocchio-Hörbücher.

Meine Situation ist also diese: Mein Sohn ist in Graz, mein (in dem Fall passt es) Mann ist den ganzen Tag und die halbe Nacht am Arbeiten und ich kann strawanzen. Wie ich es genieße! Heute scheint sogar die Sonne und ich bin bereits seit halb sieben wach, voller Tatendrang und äußerst vergnügt. Auch ich kann mir, wie Rebekka in ihrem grünen Leiberl, zur Zeit nichts Schöneres vorstellen, als hochschwanger durch die Gegend zu watscheln und mich treiben zu lassen. Insofern ist es einerseits unwahrscheinlich, dass die Zwillinge bald auf die Welt kommen. Andererseits denke ich aber, dass sie auch dann kommen, wenn die Mutter sich in ihrer Haut pudelwohl fühlt.

So haben also Alex und ich die seltene und aller Voraussicht nach letzte Gelegenheit, in unsere Tage hineinzuleben. Und siehe da: Wir verstehen uns, wir sind einander zugeneigt, berühren uns. Was sich immer wieder herausstellt (und woran wir uns in den gramerfüllten Zeiten erinnern sollten): Unsere Verbindung ist schon richtig, falsch ist der Alltag. Der Alltag, der vom 5maldiewoche7uhrfrühtäglichaufstehen geprägt ist, von Zeiteinteilungen, Elternhefteinträgen, Kontrolle, auferlegter Routine. Das Schlimmste für die Elternbeziehung ist ein Schulkind. In sechs Jahren haben wir zwei weitere.

SSW 36+6

Am Vormittag ein Anruf von Mama. Eindeutig ein Kontrollanruf.
»Noch kein Aprilscherz?«
»Nein«, sage ich.
»Gut dann, baba!«

Langsam werden alle ungeduldig, obwohl der vom Krankenhaus errechnete Termin noch drei Wochen entfernt ist. Ich ärgere mich, zumindest ein wenig, dass ich das Datum kommuniziert habe, bis zu dem sie »von selbst« kommen müssen, weil sonst eingeleitet wird. Nachdem ich wenig Lust auf die Ungeduld der Familie habe, werde ich, wenn die Zwillinge beschließen, noch länger in mir zu bleiben, nach dem nächsten AKH-Termin sagen, dass die Ärzte beschlossen haben, noch zu warten. Und zwar: für unbestimmte Zeit. Das gibt mir Luft.

Vorgestern habe ich einen Lover von vor zehn Jahren getroffen, eines der eher seltsamen, sich schnell als nervig entpuppenden Exemplare (nicht so wie der Schwede, der ein paar Monate vor ihm auf sehr unbeschwerte Art und Weise einfach kam und wieder zurück nach Schweden ging), einer, der zwischen Stalker und Ich-hab-eine-Woche-lang-mein-Handy-verloren-Versenkungslügner oszillierte. Egal, Schnee von vor vielen Wintern, er fand mich schön, meinen Bauch schön, und mir ist aufgefallen, dass er diese Saturiertheits-Backen bekommen hat. Dieses feist Fettige, das unter den Augen beginnt. Das hat mich nachdenken lassen über das Alter und die Schönheit. Ich finde, alt oder älter zu werden, ist noch lange kein Grund für Hässlichkeit. Immer wieder fällt mir auf, dass Menschen, die vor zehn Jahren vital ausgesehen haben, voll im Saft und lebendig, dass dieselben Menschen nun, mit ihren rund vierzig Jahren, unverhältnismäßig viel an Lebendigkeit eingebüßt haben. Schade.

Woran liegt das?

Es kann nicht am Alter liegen, denn wir, mit unseren vierzig Lenzen, stehen doch voll im Saft! Jetzt ist wirklich mitten im Leben, und ich kann es mir nicht erklären, weshalb das so vielen nicht auch im Gesicht geschrieben steht. Beziehungsweise schlimmer: Ihr Gesicht zeigt das Gegenteil. Sie schauen aus wie außerhalb des Lebens.
Eine Ausnahme ist meine Freundin Silou aus der Schweiz. Und es gibt viele andere.

In dem Geschäft, vor dem ich besagten Mann getroffen habe, es verkauft Email-Schüsserln, Nudeln und Besen, war drinnen eine, die ein paar Häuser weiter ein Vintage-Mode-Selbstgemachtes-Geschäft betreibt und die ich von früheren Festivalzeiten kenne. Als ich reinkam, meinte sie fast empört: »Bekommst du schon wieder ein Kind?!?!«
Ich darauf: »Na ja, das letzte vor acht Jahren.«

Später, nachdem der Ex-Lover zwei Zigaretten geraucht und es mir seinen nicht sehr guten Atem ins Gesicht geweht hatte, ging ich rein, um mich zu verabschieden. Offenbar eine Person mit einem ganz eigenen Gefühl von Nähe und Distanz, meinte sie wiederum lauthals: »Und du bist sicher, dass da nur eines drin ist?!?!« Ich darauf: »Nein, ich bin mir sicher, dass zwei drinnen sind.«

Gestern Abend, bei unserer kleinen Osterjause, habe ich mir an einer Nussschale ein Stück Zahn ausgebissen, ärgerlichst und nervigst, woraufhin ich heute früh die Zahnärztin angerufen habe, die mir am Dienstag ein Provisorium machen kann. Das bedeutet: Bis Dienstag bleiben die Zwillinge drin. Ich habe keine Lust, mit einem messerscharfen Backenzahn, an dem meine Zunge sich aufreißt, zur Geburt zu gehen.

Gestern Nacht habe ich im Netz noch einen Artikel gelesen, beziehungsweise war es kein Artikel, sondern es waren Beiträge von zwei Frauen, die eine macht einen geplanten Kaiserschnitt (»ich überlasse die Dinge nicht gern dem Zufall und plane, was möglich ist«) und die andere strebt eine Hausgeburt an.

Bei der Hausgeburt kam ein Aspekt vor, den ich noch nie bedacht habe, dass nämlich die Nachbarn informiert werden müssen, die glauben ja sonst, da wäre eine schlimme Form von häuslicher Gewalt im Gange. »Wir wohnen in einer Stadtwohnung und die Nachbarinnen und Nachbarn wissen Bescheid, dass ich zu Hause entbinden möchte.« Anstelle der Nachbar*innen würde ich sofort fragen, wann das ungefähr eintreten wird, und zu diesem Zeitpunkt weit weg verreisen, ich würde unter keinen Umständen einer Geburt zuhören wollen.

Diese Zeitung tut der in Bezug auf Geburten ohnehin latent aufgewühlten Stimmung nichts Gutes mit solchen Beiträgen. Interessant ist aber, dass die Frau mit der Hausgeburt im angehängten Forum wesentlich schlechter wegkommt und wesentlich rüder angepostet wird als die Frau mit dem geplanten Kaiserschnitt. Normalerweise sind Plan-Kaiserschnitt-Frauen schwerste Bashing-Kandidatinnen. Aber die Hausgeburt-Frauen scheinen noch tiefer unterhalb des schmalen Toleranzgrades dessen zu liegen, was in der öffentlichen Wahrnehmung als akzeptable Geburt gilt.

Heute früh im Bett haben wir wieder über Namen gesprochen.

Wenn wir nicht mehr über Kindernamen sprechen, werden wir über Sex und Befriedigung reden müssen.

Mich stresst, dass der Kühlschrank so voll ist.

SSW 37+0

Kein Aprilscherz, keine Auferstehungskinder, keine Ostersonntagskinder. Gut so.

Heute Nacht habe ich geträumt, sie seien auf die Welt gekommen. An die Geburt habe ich keine Erinnerung, nur, dass ich gleich nach der Geburt etwas zu tun hatte (ich weiß nicht mehr was), aber dennoch – – –

wowowow, ich schaue aus dem Fenster und genau in diesem Moment, in dem ich das hier schreibe, sehe ich einen Mann auf der gegenüberliegenden Straßenseite, der völlig ungeniert seinen Schwanz auspackt und vom Gehsteigrand auf die Straße pinkelt, unfassbar, es ist eine Frechheit, dass ich so etwas sehen muss!

– – – also dennoch versuchte, spätestens sechs Stunden nach der Geburt dazusein, um zu stillen. Das hat die Hebamme ja gesagt, man solle nicht mehr als sechs Stunden warten. Sechs Stunden. Wir hatten die beiden in einen Korb gelegt, unter ein Bett und nur mit Windeln eingepackt. Es waren zwei Würmer, eher Welpen, und nicht sehr ansehnlich, vor allem die Kleinere, die entsetzlich zitterte. Ich konnte sie in einer Hand halten und das Stillen hat gleich funktioniert. Nachdem sie kurz getrunken hatte, war sie schon etwas größer und ich nahm die andere und mir fiel auf, dass sie nicht ganz so hässlich war. All das fand in einer Wohnung statt, die ich nicht kenne, aber im Traum kannte, und in der alle Jalousien runtergezogen waren. Das Meer war ganz in der Nähe.

Alle Dinge, vor denen ich gewarnt wurde, die zum Horror einer Zwillingsschwangerschaft gehören, sind nicht eingetreten. Auch heute Nacht habe ich ausgezeichnet geschlafen, wesentlich tiefer als vergangene Woche (als mich zum ersten Mal in meinem Leben die Zeitumstellung aus der Bahn geworfen hat). Weshalb schlafen andere, die mit Zwillingen schwanger sind, nur mehr im Sitzen?

Kristina meinte gestern, mein Körper hätte den großen Vorteil, dass darin genug Platz sei, dass mein Becken breit genug sei für zwei Kinder. Vielleicht hat sie recht.

Beim Montagsyoga war wieder eine Frau, die beteuerte, sie könne sich keinen schöneren Zustand vorstellen. Sie ist auch schon über den Geburtstermin hinaus. Die Yogalehrerin meinte dazu, irgendwann wird es dir schon noch reichen und du wirst loslassen können. Immer wieder ist mir aufgefallen, dass der Glaube vorherrscht, erst dann, wenn es einer Frau reicht, wenn sie nicht mehr kann, wenn sie sich nicht mehr wohlfühlt und nur mehr darauf wartet, dass die Schwangerschaft endlich vorbei ist, erst dann kommt ein Kind auf die Welt. Humbug! Ich glaube, es gibt einen Dialog im Inneren des schwangeren Körpers, aber der ist wahrscheinlich komplexer, als diese Westentaschenpsychologie suggeriert, er ist wahrscheinlich auch biologischer, von Hormonen gesteuert. Ich denke, ein Kind oder auch zwei Kinder kommen selbst dann auf die Welt, wenn sich die Mutter bis zum letzten Moment der Schwangerschaft wohlfühlt in ihrer Haut. Andererseits gibt es genügend Schwangere, die sich die ganze Schwangerschaft über unwohl und in völliger Dissonanz mit ihrem Zustand fühlen, und trotzdem kommt ihr Kind zehn Tage nach dem Termin.

Gestern Abend habe ich mir ein Fernsehporträt über Simone de Beauvoir angeschaut, das Alice Schwarzer in jungen Jahren gemacht hat. Da dachte ich mir, ich könnte diese SS-Protokolle auch »Der andere Zustand« nennen oder »Der zweite Zustand«. Alex hat sich kurz dazugesetzt und mitgeschaut und gemeint, die Beauvoir sei nicht sympathisch, im Gegensatz zu Sartre (der wirklich potthässlich war). Ich musste dieser Beobachtung natürlich Sexismus unterstellen. Tatsächlich ist die Beauvoir hier so intellektuell wie schnippisch.

Schon irgendwie seltsam, dass das unsere feministische Ziehmutter sein soll. Kinder, sagte Beauvoir während eines Interviews in Rom, habe sie nie gewollt, sie bräuchte keine Reproduktion von Sartre oder von sich selbst. Da irrt sie natürlich gewaltig, wenn sie glaubt, Kinder seien Reproduktionen! Und weiter: Kinder seien für eine Frau die schlimmste Versklavung. Damit hatte sie sicherlich recht und bis zu einem gewissen Grad stimmt es bis heute. Nur, dass heute alle den Anspruch haben, alles zu wollen, und in einem manischen Schleudergang von Kind, Arbeit, me time, fame, Geld leben.

Und was auch nach wie vor stimmt, ist, dass es, zumindest bei uns, als die Berufung der Frau gilt, Mutter zu werden. Jede Frau, die keine Kinder hat, wird es automatisch bereuen, ihr wird etwas fehlen, und wenn sie das jetzt nicht merkt, dann wird sie es schon noch merken, dann wird's aber zu spät sein. Selbst schuld, hätte die dumme Kuh doch Kinder bekommen! Der Unterschied zu Beauvoirs Zeit ist, dass heute teilweise auch Männern unterstellt wird, dass ihnen etwas fehlen wird, wenn sie nicht Väter werden. Ich finde, es ist ein schaler Effekt des Feminismus, wenn Vorurteile und Unterstellungen, die einst nur für Frauen galten, auf Männer ausgeweitet werden. Wenn sich das Korsett auch um die Männer schnürt. Ich finde, ein Feminismus, dessen Ziel nicht die Freiheit aller ist, taugt nichts.

Leben, sagt Simone de Beauvoir in diesem Film, sei ein Kompromiss zwischen den eigenen Ansichten und der Welt mit ihren Widerständen. Ich ersetze das Wort »Leben« durch »Mutterschaft«.

Gestern mit Kristina telefoniert (meiner Telefon-Freundin, wir sehen uns praktisch nie mehr), sie meinte, sie würde jeder Schwangeren raten, den errechneten Geburtstermin plus drei Wochen zu kommunizieren, um dem nervigen Druck zu entgehen.

Urplötzlicher Erinnerungsflash auf der Straße: Hotel Ideal, Ouagadougou, 2003. Ein Zimmer wie eine Gefängniszelle. Eisenstäbe statt Fenster. Ein Kübel im Eck.

SSW 37+1

Fragen, die ich nicht mehr beantworten will:
Welches Krankenhaus?
Wisst ihr, was es wird?
Habt ihr schon Namen?
Wann kommen sie?
Alternativ: Und wann ist es so weit?

Kommentare, die ich nicht mehr hören will:
Gut, dass du im Winter schwanger warst, stell dir vor, wie anstrengend im Sommer!

Geschichten, die ich nicht hören will:
Wie andere ihre Entbindung erlebten, von Männern erzählt.

Abgesehen davon: Alex, Luis und ich, sehr netter Spaziergang.

SSW 37+2

Nun beginne ich, in diese innere Blase zu kommen. Vormittag geht noch, da bin ich halbwegs munter. Ab Mittag bleiern müde. Kann nur mehr schlafen, rumliegen und in die Gegend schauen. Vorher war ich in der Bücherei und habe versucht, in Bücher hineinzulesen. Bei mir geht aber nichts rein, deshalb hab ich ein bisschen in die Luft geschaut und bin dann wieder nach Hause geschlichen.

Heute früh war ich bei der Zahnärztin, die mehr verdient als ihr Mann, hat sie mir erzählt, das sei eine Herausforderung, aber meisterbar, sie hat meinen Zahn interimistisch gefüllt und gemeint, es gäbe zwei Strategien: entweder regelmäßig zum Zahnarzt oder lang nicht und dann oft hintereinander. Bei mir wird's wohl Letzteres.

SSW 37+3

Die Hortpädagogin von Luis ist traurig, dass die Zwillinge nicht an ihrem Lieblingsdatum auf die Welt gekommen sind.

Schwangerschaft ist etwas Anachronistisches: Niemand kann sie beschleunigen. Und Kinder erst: geborene Leistungsverweigerer.

Mir tut es leid, dass die genussvolle, genüssliche Winterzeit des Einigelns in einen sehr erträglichen körperlichen Zustand bald vorbei ist. Das hat bis jetzt überhaupt keine Erwähnung gefunden und es ist mir selbst erst recht spät aufgefallen, dass mein körperlicher Zustand in der Schwangerschaft auch insofern eine Ausnahme war, als ich mich immer richtig gefühlt habe. Ich war immer zufrieden mit meinem Körper, fand ihn nie zu sehr so oder zu sehr so, er war zu jedem Zeitpunkt so, wie er sein sollte. Dass das eine Ausnahme ist, ist beängstigend.

Heute war ich im AKH, die Ärztin meinte: »Wir leben in einem freien Land, also letztlich kann Sie niemand dazu zwingen, die Geburt einzuleiten. Aber wir müssen Sie eben über die Risken aufklären.« Dass ich ständig über Risken aufgeklärt werde, wo ich schon an und für sich als Risiko klassifiziert bin, ist nicht einfach zu ertragen. Ich werde über Risken aufgeklärt, die auf Statistiken beruhen, werde dann aber damit alleine gelassen. Als Individuum falle ich in keine Statistik. Tatsache ist: Ich muss in wenigen Tagen wiederkommen, dann werde ich untersucht und dann leiten sie ein, wenn ich mich dazu bereiterkläre. Und ja, sagt die Ärztin, das könne Tage dauern oder schnell gehen. Schnell gehen bedeute, Einleitung in der Früh, Geburt in der Nacht. Ich traue der Sache überhaupt nicht.

Als ich aus dem AKH rausgehe, ist mir zum Weinen. Ich weiß nicht, ob aus Angst, aus Überforderung oder aus spontaner Trauer über das nun konkret werdende Ende meines Zustands.

Auf alle Fälle bin ich dann zu Fuß losgegangen und mit zwei Pausen (Toast bei der Aida im achten Bezirk und warmer Schokokuchen mit Beerenmus im Museumsquartier) bis nach Hause gewatschelt.

Der Kellner im Museumsquartier hat mir nicht nur einen Polster und ein Glas Wasser gebracht, sondern mir zum Abschied auch eine »angenehme Niederkunft« gewünscht.

Meiner Mutter gegenüber habe ich gelogen und gesagt, dass ich erst in einer Woche wieder ins AKH muss. Ich halte den Wieschautsaus?-Stress nicht mehr aus. Gestern vor der Schule eine andere Mutter: »Und???«
»Was und?«, möchte ich sagen. Ich mein, was bitte!!!????
Die dümmste Frage von allen ist und bleibt aber: »Und wann ist es soweit?«

Am Weg zum AKH hab ich mit Papa telefoniert, der gerade in London ist. AKH, meinte er, da bist du unter Menschen. Dann hab ich sie mir angeschaut, die Menschen, ein Querschnitt, hab ich mir gedacht, wenn ich auch nicht wusste, von was.

Und ohne dass ich es merkte, sind in mir Groll und Hass aufgestiegen, ich weiß nicht, warum, aber plötzlich waren mir alle zuwider. Die jungen Frauen, die dagesessen sind, mir schien ihr Gesichtsausdruck dumpf und desinteressiert, und ich hab mir nur gedacht, ihr seid nie wach genug, um in euren hohlen Birnen irgendetwas zu kapieren. Eine davon hatte ein rotes Flanell-Karo-Hemd an, wie es früher Grufties getragen haben (gibt es noch

Grufties?), das aussah, als würde es ziemlich schweißeln. Da wurde mir gleich übel und ich dachte mir, ich schaue die, die da sitzt mit ihrer Plastikflasche in der Hand, ein pickiges Süßgetränk drinnen, nur deswegen nicht ungern an, weil sie den Vorteil hat, dass sie jung ist. Aber wenn du alt bist, hab ich mir gedacht, in zehn Jahren schon, hast du vier Kinder und wirst sie anschreien. Neben ihr saß eine orthodoxe Jüdin, schwarzer Rock, schwarzes Satin-Oberteil, schwarze Halbschuhe, schwarze Perücke (ein Scheitel, das ist das Lustigste, dass das so heißt), darin steckte eine Sonnenbrille. Wer sich diese Uniform ausgedacht hat, war auch nicht ganz bei Trost, dachte ich, dabei habe ich doch schon vor längerer Zeit beschlossen, keine Meinung dazu zu haben, also auch nicht darüber zu urteilen, dass Frauen ihre Haare verstecken, ob unter einem Kopftuch oder unter einem Scheitel. Schon mit 17 Jahren, als wir im Französischunterricht Zeitungsartikel über die Kopftuchdebatte in Frankreich lesen und in französischsprachigen Aufsätzen durchargumentieren mussten, dachte ich mir, wie entbehrlich doch eine Debatte darüber ist, ob eine Frau ein Tuch am Kopf oder vor dem Gesicht tragen darf oder nicht, wo es doch einzig und allein um die Frage der Freiwilligkeit geht. Aber heute Vormittag war nichts Vernünftiges aus mir rauszuholen, ich hatte nicht die geringste Großzügigkeit in Bezug auf die Menschen. Mittlerweile war mir zum Speiben. Und ich fand ein Kopftuch hässlicher als das andere, dachte mir, wie kann irgendeine Frau so etwas tragen, das mit dem Blumenmuster, das braun-graue Karo-Tüchl, das türkise? Ich kotz gleich.

Da kam eine Ärztin und begrüßte eine Wartende herzlich. Und ich dachte mir, genau, du kennst wen. Das gibt's hier auch in der grünen Wartezone: die, die jemanden kennen. So hab ich gedacht, in dem Moment. Alle hier sind Risikopatientinnen außer denen, die jemanden kennen.

Zu einem wartenden Paar kam ein Arzt – dünn, graues Haar, weißer Mantel, in meiner Erinnerung hat er ein Stethoskop um den Hals, aber das kommt vielleicht aus einer Arztserie in mein Gedächtnis – und sagte zur Frau: »Die gute Nachricht ist: Sie stehen auf der Liste. Die schlechte ist: Die Liste ist lang.«

Und während der Ehemann die bürgerliche Zeitung sinken lässt, fügt der Arzt noch hinzu: »Aber ich habe ohnehin gesagt, dass man Sie upgraden soll.«

Ein klarer Fall von denen, die jemanden kennen.

»Ja, machen Sie das bitte«, sagt die Frau.

Es geht ihr nicht gut, das sehe ich. Und da erst bemerke ich, dass ein feixender Teufel in mich gefahren ist, einer, der mir einreden möchte, dass wir keine Kinder bekommen, sondern hässliche, stinkende Kreaturen von der Sorte, wie sie rund um mich sitzen. Wie ich selbst eine bin. Ich jage diesen Teufel mit seiner Diskriminierungsschleuder davon.

Ich bin Risikogruppe Ü40 dichorial-diamniot. Habe Zeit. Und hatte heute einen entsetzlich bornierten Blick auf die Menschen im Wartebereich Grün.

SSW 37+4

Heute wieder vor der Schule, wieder die gleiche Mutter, sie schaut auf meinen Bauch und sagt: »Immer noch alles drin.« Bietet dann aber an, Luis jederzeit mitzunehmen/abzuholen, wenn es bei uns chaotisch wird. »Ein großes Chaos wird das sicher«, sage ich, und der Mann, der neben ihr steht, sagt, wenn jemand so fröhlich sei wie ich, werde das sicherlich ein lustiges Chaos.

»Postessenzialistische Familie«, Oida! Heute in der Zeitung gelesen. Das ist die Familie des Jetzt und der Zukunft. Patchwork über Generationen. Da war ein Lobgesang auf die Schwiegermutter zu lesen und da kam die postessenzialistische Familie ins Spiel, einfach ausgedrückt: ein soziales Lebensgefüge, das nicht blutsverwandt ist, oder nur teilweise. Wobei die Kinder meistens nicht gefragt werden, das ist in der klassischen Familie genauso wie in der postessenzialistischen. Die Artikelschreiberin schreibt, Patchworkfamilien seien »mehr«. Mich stört dieses »Mehr«. Ich will gerne glauben, dass es für die meisten besser ist (sonst wären die Elternpaare wohl zusammengeblieben), aber mehr? Weshalb? Könnte dieses »Mehr« nicht durch ein »Anders« ersetzt werden? Bei der Lektüre ist mir überhaupt aufgefallen, dass die Schreiberin der Meinung zu sein scheint, alle klassischen Hetero-Familien bestünden auch heute noch aus Frau-Mutter, Mann-Ernährer und Kind-Geigenunterricht.

Sie irrt.

Die Yogalehrerin macht mich darauf aufmerksam, dass ich seit drei Wochen behaupte, in der 35. Woche zu sein. Obwohl ich das mittlerweile weiß (und verstehe) mit den Wochen, muss ich mich sehr konzentrieren (Augen zu machen, Daumen und Zeigefinger an die Nasenwurzel), um zu wissen, dass 37+4 zum Beispiel die 38. Woche ist.

Die innere Blase ist übrigens wieder vorbei, dauerte nur einen Tag und das lag vielleicht an diesem nervigen Föhnwetter. Seitdem bin ich wieder fidel und eigentlich nicht auf Rückzug aus. Auch wenn es jeden Abend angenehm ist, sich ins Arbeitszimmer zurückzuziehen und »Downton Abbey« zu schauen.

Habe im Internet gelesen, dass es Trageberatung gibt. Ich könnte jemanden dafür bezahlen, mir zu erklären, wie ich ein Baby tragen soll. Oder zwei.

Es gibt so viele Dinge, vor denen ich Angst haben, über die ich mir Sorgen machen kann in einer Schwangerschaft, und sonst auch immer. Über alles eigentlich, aber praktisch nichts davon tritt ein. In die Gegenwart treten Ereignisse, vor denen ich Angst haben hätte können, hätte ich gewusst, dass sie eintreten. In jedem Fall aber scheint es irgendwie unumgänglich, durch die Sorgenschleuse zu gehen, bevor das Vertrauen einsetzt.

SSW 37+5

Eigentlich haben das AKH und, auf seine Weise, auch der Herr Doktor nie Entwarnung gegeben: Es gab die Zeit, in der immer akribisch die Länge des Gebärmutterhalses gemessen wurde, ob er eh nicht zu kurz sei. Bei Verkürzung: Gefahr einer Frühgeburt. Überhaupt bei Zwillingen: Gefahr einer Frühgeburt. Als diese Gefahr durch das Vergehen von Zeit wie von selbst oder von Geisterhand gebannt war, sollten sie sich nicht mehr drehen oder wenn, dann mit dem Kopf nach unten (die eine von den beiden dreht sich meiner Ansicht nach immer noch und zwar mehr oder weniger permanent, so wie man als Kind im Wasser eine Rolle nach der anderen macht und nicht mehr weiß, wo oben und unten ist, so fühlt es sich an).

Und dann sollten sie kommen, denn es gibt für Zwillinge aus medizinischer Sicht einen idealen Zeitpunkt ihrer Ankunft auf der Welt: zwei Wochen vor dem errechneten Termin. Oder früher. Aber nachher auf keinen Fall. Zwei Wochen vor dem Termin wäre übermorgen. Mir kommt es nicht so vor, als wäre das ideal. Aber alle stressen jetzt seit sechs Wochen rum, weil es ja auch für mich zu anstrengend sei oder werden könnte. Nur mir ist das noch nicht aufgefallen.

Bevor Kinder auf die Welt kommen, wo sind sie da?

Was ich jetzt gerade alles tun würde, wenn ich nicht schwanger wäre? Und womit wir nun beginnen?

Ich zweifle, aber damit beginne ich nicht erst jetzt, das Zweifeln hat nie aufgehört.

Ich werde jede Wehe willkommen heißen (und sanft umarmen).
Jede Wehe wird mir willkommen sein. Sie möge nur kommen.

Ich denke über die Zeit nach der Geburt nach und fasse den Plan: Wenn ich arbeiten kann und Zeit dazu habe, dann werde ich mir immer ganz konkret eine Sache vornehmen und dann auch tun. Einfach nur eine Sache.

Warum bekommt man Kinder?

Als wir über Namen reden, dies und jenes abwägen, wir sagen Olga, Europa, wir sagen Herumbert (den gibt's wirklich, steht im Heiligenbuch) und alles, was uns so durch das Hirn rauscht und in den Sinn kommt, da kommen Luis die Tränen.

auf die welt kommen
in der welt ankommen
mit der welt auskommen

SSW 37+6

Spaziergang quer durch den Lainzer Tiergarten, Luis und Alex winken ab, zu anstrengend. Ich trag meinen Bauch alleine durch den Lainzer Tiergarten, gemeinsam mit Kleinfamilien und Bärlauch sammelnden Menschen.

Ich bin über drei Stunden unterwegs, es geht ziemlich bergauf am Anfang, mir ist egal, wie ich ausschaue, weil ich mich ja wohlfühle, aber es muss schon ein lustiger Anblick sein. Sicher ist: Wenn der Lainzer Tiergarten nicht hilft, wird Sex auch nicht helfen.

Es gibt den Trend des Alleingebärens. Also ganz allein, so, wie es manche Tiere tun, die sich in irgendeinen verborgenen Winkel zurückziehen. Das schafft die menschliche Gebärende auch, wenn sie ganz fest an sich glaubt. Und außerdem medizinisch-technisch so weit firm und ausgerüstet ist, dass sie eine Nabelschnur durchtrennen und gegebenenfalls einen Dammriss nähen kann, weiß, was zu tun ist, wenn sie sehr viel Blut verliert oder wenn ein Neugeborenes blau anläuft oder nicht schreit oder irgendetwas anderes nicht tut, was es tun sollte. So kann sie sich als Testimonial eines Leistungsdiskurses (»ich schaff alles allein«) qualifizieren.

Vielleicht tun das diese Alleingebärenden (manche gehen in den Wald) aber auch, weil sie es satthaben, gesagt zu bekommen, was das Richtige ist.

SSW 38+0

AKH eher Disaster

Bestellt um acht Uhr, Ankunft um 8:20. Dann warte ich ohnehin bis neun. Die CTG-Hebamme schaut nicht auf den Akt, auf dem in Rot und groß GEMINI steht, und steckt mir nur eine Ultraschall-Platte unter den Strumpf. So entkommt ein Geminus dem Herzton-Scan.

Ich warte wieder.
Alex kommt, bringt mir ein Weckerl, wir warten weiter bis 10:30 und fragen nach. Die Nächste sei ich, sagt der Pfleger. Weitere drei Frauen werden aufgerufen. Es ist elf Uhr. Um 11:45 werde ich aufgerufen. Während des Wartens erzählt mir Alex von einer Schauspielerin in Afrika und von seiner genetischen Ähnlichkeit mit einem Andenvolk, das immerzu laufen muss.

Der Pfleger sagt: »Sie kommen in den Kreißsaal zur Einleitung.«
Ich sage: »Nein.«

Ohne Vorwarnung rammt mir eine Hebamme ihre Hand in die Vagina, höllische Schmerzen. »Nicht mehr abschiebbar«, sagt sie, an wen auch immer gerichtet, denn ich weiß ja schon länger, dass sich niemand in mir befindet, den man zurück an den Herkunftsort schicken könnte.

Der Arzt fragt mich drei Mal – drei Mal! –, ob ich wisse, was richtige Wehen seien. »Sie können das unterscheiden?« Jeder Mensch, der so ein Geburtsgemetzel schon einmal erlebt hat, kann zwischen Schmerzen und Wehen unterscheiden. Ich schaue Alex an. Und dann meint der Arzt, ich könne noch einmal drei Tage nach Hause, es gäbe ja auch alternative Einleitungsmethoden, ob ich von denen schon gehört hätte. Sex, er sagt: »Geschlechtsverkehr«, weil das Prostaglandin, das im Sperma ist, sei auch in den Einleitungsmitteln, die man mir dann zuführen müsse, wenn es »nicht so losgeht«.

Als wir auf der Straße sind, bin ich wahnsinnig aufgebracht und schimpfe rum, weil Alex keinen Sex will, er sagt, das sei ihm unangenehm, wenn da gleich der Kopf eines Kindes sei. »Damit dieser Kopf rauskommt, müssen wir aber Sex haben«, schimpfe ich. Was natürlich Blödsinn ist. Ich denke, ich war bis jetzt ziemlich rational, manchmal so rational, dass ich mir selbst nicht mehr geheuer war, aber da, auf der Alser Straße, verliere ich den Verstand. Es ist ein sehr sonniger und sehr warmer Tag und es sind sehr viele Menschen unterwegs. Ich bin ein Fass auf Beinen und schreie rum. Dass es beim Sex eben nicht immer um Spaß gehe, es gebe auch Notwendigkeiten. Man müsse das jetzt als Geschlechtsverkehr sehen, als rein technischen Vorgang, »wir haben schon andere grausliche Sachen gemacht«, sage ich, »welche?«, fragt Alex und ich sage, dass wir das aus Liebe zu unseren Kindern machen müssten. Er sagt: »Das macht's nicht besser.«

Wir gehen also nach Hause und haben Sex. Nein Geschlechtsverkehr. Genauso am nächsten und übernächsten Tag. »Wie bei einem Pegeltrinker«, sagt Alex. »Man muss schauen, dass immer genug drinnen ist.«

Die Sache ist in der Tat sehr technisch und ein bisschen sportlich. Die Körperteile müssen gut organisiert werden, damit es klappt. Wir haben kurz in Erwägung gezogen, dass ich oben bin, was die ultimative Lachnummer wäre. Alex ist oben, man muss es klassisch machen, ich halte meinen Bauch, weil ich das unangenehme Gefühl habe, er könnte zur Seite kippen. Man braucht Gleitgel, um diesen Verkehr vollziehen zu können.

Ich glaube zwar, mich zu bewegen, aber stattdessen bewegt sich nur etwas in mir. Ein Penis, genau, vor und zurück, raus und wieder rein in Richtung des nicht mehr abschiebbaren Kopfes. Und ein Fötus, der, wie mir scheint, als U-Hakerl im oberen Bauchraum liegt, die Füße rechts außen bei meiner Leber, den Popo steckt das U-Hakerl links in die Höhe.
Wie viel Fremdes kann ich gleichzeitig in mir haben?

Seltsam, ich erinnere mich an diesen Mann, der mich immer darauf hingewiesen hat, dass seine Hoden frisch rasiert waren, und der mich, vielleicht weil ich ihn dafür nicht gebührend bewundert habe, als »Skelett hinter dem Kasten« bezeichnet hat.

Alex und ich reden über Libido und Unterdrückung und das Potential für die Kunst und darüber, dass wir keine Zeit mehr für Sex haben werden, wenn unser Geschlechtsverkehr die beabsichtigte Wirkung zeigt. Ich finde zwar, dass das schlechte Aussichten sind, aber dann geht's sowieso um etwas anderes. Als ich mich nämlich nach dem GV zur Seite drehe, langsam aufsetze, mich am Bettrand abstütze und aufstehe, rinnt Sperma an der Innenseite meiner Oberschenkel hinunter, ich spüre das, sehen kann ich diesen Teil meines Körpers natürlich schon länger nicht mehr. Und da stellt sich die Frage, ob Prostaglandin sofort ins System eindringt oder ob ich eine Kerze machen sollte. Gleichzeitig aber erinnere ich mich, dass man schon ganz früh in der Schwangerschaft keine Kerze mehr machen darf, weil sonst – weil sonst das Baby beim Mund rausfällt? Oder was?

Wir bekommen die Antwort aber ohnehin, denn niemand in mir macht auch nur die geringsten Anstalten, ans Licht zu kommen.

Am Abend gehe ich zu meiner Schwester und nehme ein Vollbad mit verdünntem Nelkenöl (hilft auch, angeblich). Sie hat mir saure Pommes gekauft (helfen nicht, nachweislich), die sie mir an die Badewanne bringt. Danach grillen wir auf der Terrasse. Sie erzählt, dass eine schwangere Freundin von ihr nicht mehr alleine auf die Straße geht, weil sie so schwanger ist.

Die Tontechnikerin, die ich beim Yoga treffe, sagt, es sei ein grenzüberschreitender Zustand. Das sei für sie besonders schwierig, weil sie so ein Kontrollfreak ist.

Wort: Geburtserlebnis.

Ein Erlebnis: to hell and back. Und dann noch einmal: to hell and back. Ich kann es mir nicht vorstellen, ich werde es mir danach nicht mehr vergegenwärtigen können, ein Schmerz, so groß, dass ich ihn gerade noch überlebe. Von erleben wird keine Rede sein.

»To Hell and Back«, übrigens, so heißt die Autobiografie von Niki Lauda. Hat mich irgendwie fasziniert, Titel und Cover, kann ich mich erinnern, als Kind, lag am Nachtkastl von Papa.

SSW 38+1

In Österreich sind Frauen aus medizinisch-administrativer oder aus administrativ-medizinischer Sicht 40 Wochen schwanger. Zehn Monate. Das weiß kaum jemand. Der Geburtstermin wird mit SSW 40+0 errechnet. Der angestrebte Geburtstermin für Zwillinge ist SSW 38+0.

Langer Vormittags-Schönbrunn-Spaziergang mit Paul.

Danach mit meinem Nachbarn in der Sonne zu Mittag gegessen. Er wünscht mir alles Gute.

Kinder planen. Planen generell. Geht das überhaupt?

Vor dem Lift am Meidlinger Bahnhof ist eine lange Warteschlange und der Lift kann nicht fahren. Ein alter Mann hat sich hineingezwängt, obwohl offensichtlich kein Platz mehr für ihn ist. Nun schließt die Tür nicht, der alte Mann ist aber auch nicht bereit, wieder auszusteigen.

Jemand hinter mir sagt: »So viele Kinder, hean S' auf zum Kinderkriegen, das bringt ja nix, schaun Sie, Sie müssen jetzt aufhörn zum Kinderkriegen.«
Ich drehe mich um zu ihm, er ist jung, 32, wie sich kurz später herausstellen wird.
»Und Sie«, sagt er, »Sie sind ja auch schwanger!«
»Ja«, sage ich.
Er: »Ich hab keine Kinder. Ich bin 32 und hab noch nie a Freundin ghabt.«
»Kann ja noch werden«, sage ich.

»Der Peter Maffay, der hat jetzt mit 69 ein Kind gemacht«, sagt er.
»Na also,« sag ich, »das steht Ihnen ja alles noch bevor.«
»Aus mir wird kein Peter Maffay mehr«, sagt er und mümmelt an einem weißen Brioche.
»Kinder zuerst«, ruft er nach vorne zum Lift.
»Ich kann warten, ich lass alle vor, zuerst müssen die Kinder rauf.«

Als ich endlich in den Lift steige, höre ich ihn noch sagen: »Kinder zuerst, dann die Depperten.«

SSW 38+2

Ich habe mein Fahrrad wieder aktiviert, öffentliche Verkehrsmittel nerven, vor allem, wenn die Sonne scheint. Ich gehe heute alleine durch Schönbrunn, nun auch wieder bergauf, ich muss mich jetzt nicht mehr schonen, mir nichts mehr schenken, ich muss mich jetzt anstrengen.

Dann auf den Meidlinger Markt, zum super Fleischhauer, bei dem ich Faschiertes kaufe. Ich koche Spinat, Kartoffeln, faschierte Laberl und Suppe, und Luis macht ein Riesentheater wegen seiner Füllfeder und dem Tintenkiller und der Tatsache, dass wir ihm »die Wahrheit« nicht glauben. Die da wäre: Man muss die Füllfeder fünf Minuten auf ein Taschentuch halten, damit sie gekillert werden kann. Sagt ein Schulkollege.

Nachmittags schaut Luis »Die schnellste Maus von Mexiko« und ich eine Folge »Downton Abbey«, dann kaufen wir im siebenten Bezirk Gummistiefel und eine neue Hose. Danach treffen wir uns mit unseren Nachbarn beim Stadtheurigen, sie haben ihre einjährige Tochter dabei, aber kein Flascherl.

Es ist ein lauer Abend.

SSW 38+3

Die AKH-Empfangsdame auf 9C behauptet, es würde ohnehin nie passieren, dass man automatisch stationär aufgenommen wird. Doch, sage ich, am Montag ist mir das passiert. Sie dementiert noch einmal. Ich denk mir: egal.

Die heutige CTG-Hebamme ist sehr nett und freundlich und bemerkt sogar den riesigen GEMINI-Vermerk am Akt. Sie gibt mir noch eine Liste mit natürlichen Einleitungstipps mit, aber ich darf nicht mehr nach Hause. Dürfen ist natürlich relativ. Der arrogante Arzt, dieser Oberarzt, macht seinen Punkt sehr klar (der in etwa lautet: Je länger ich warte, dass es von selbst losgeht, desto höher ist die Wahrscheinlichkeit, dass es ein Kaiserschnitt wird), sagt aber: »Sie entscheiden! Wir sind den Wünschen unserer Kundinnen verpflichtet.« Der Depp. Gleich geh ich zum Gebären in den Wald.

Ich schreibe dies in Kreißsaal Nummer 7, in den ich verlegt wurde, da eine andere Risikopatientin in Kreißsaal 3 kam und einer der beiden – 2 oder 3 – immer frei sein muss. Das ist ein Logistik-Ding, das erst einmal jemand verstehen muss. Ich wurde also des Ausblicks auf den Wilhelminenberg beraubt, aber natürlich: Wer verbringt schon Wartezeit in einem Kreißsaal. Denn das tue ich: warten.

Der arrogante Arzt, dieser Oberarzt, ist überzeugt davon, dass eine Frau die Geburt des Kindes steuern kann. »Sie müssen jetzt loslassen«, sagt er. Ob das stimmt? Ich muss da schon fast weinen. Dann kommen Alex und ich überein, es bringt nix, wahrscheinlich wird er recht haben und tatsächlich »von allein« nix losgehen, und ob heute oder morgen oder übermorgen ist auch schon egal. Ich weine und Alex geht nach Hause, um meiner Schwester den Schlüssel zu geben. Tatsächlich fährt er nach Hause, mit meinem Fahrrad, mit dem ich in der Früh ins AKH geradelt bin. Das hab ich dem Arzt auch gesagt: Ich kann nicht hier bleiben, ich muss mein Fahrrad nach Hause bringen. Er schlug vor, dass jemand anderer das für mich erledigen könnte. Ein Punkt für ihn.

Nachdem das Mittags-CTG geschrieben wurde – »wunderschön«, sagt die Hebamme –, gehen wir zum Kutschkermarkt, essen gut, ich trinke Prosecco und kaufe danach orange Schlapfen.

Als wir zurückkommen, fragt die Hebamme etwas aufgeregt, wo wir gewesen wären, und wir erzählen es ihr, und sie meint, Ausgang würde bedeuten, dass wir uns »am Gelände bewegen«. Meint sie den Südgarten? Das ist nämlich der lustigste, weil irreführendste Wegweiser am AKH-Gelände: »Kliniken am Südgarten«. Es gibt hier viel, aber weit und breit keine Rosamunde-Pilcher-Idylle, die den Namen Südgarten verdienen würde. Ich mag dafür die alten, leerstehenden Gebäude. Sie sind teilweise verbarrikadiert, aber in einige bin ich hineingegangen. Die werden sicher abgerissen, es wird so viel Schönes abgerissen in Wien.

Die Tagesärztin verabschiedet sich, findet es lustig, dass ich mit dem Radl gekommen bin, sie sagt, in Ghana hätte sie zuletzt eine Zwillingsschwangere erlebt, die mit dem Moped gekommen und damit auch nach der Geburt wieder nach Hause gefahren sei. »Vielleicht sehen wir uns ja wieder«, sagt sie.

»Das Bändchen«, es wurde oft angekündigt und ich konnte mir wenig darunter vorstellen. Dieses ominöse Bändchen leitet die Geburt ein. Es nennt sich: »Progress«. Es widerlegt das Nestroy-Zitat, dass der Fortschritt größer ausschaut, als er wirklich ist, denn das Bändchen ist ziemlich klein. Bevor ich es dann bekomme, das Bändchen, stellen sich zehn Hebammen bei mir vor und kündigen an, sie seien für mich zuständig und würden gleich wieder kommen. Stattdessen bin ich dann wieder eine Stunde allein. Und denke mir, die haben vielleicht eine solche Miskommunikation, dass sie mich am Ende ganz vergessen.

Nachdem mir eine Hebamme das Bändchen eingeschoben hat, kommt stürmisch eine weitere Schwester in den Kreißsaal, stellt sich vor und sagt: »Ich bin die postoperative Schwester«, und: »Sie haben aber einen schönen Nagellack.«

Ich schaue sie entgeistert an und sage, dass ich keine Operation habe.
»Aber Sie sind doch zum Kaiserschnitt dran?«
Alex sagt: »Davon hat uns noch niemand etwas gesagt.«
Daraufhin geht sie wieder und studiert ihre Akten.

Ich spaziere im AKH herum. Das Beste ist der Raucherhof: Da sitzen sie auf ihren Rollatoren, Urinsackerl hängen dran, aus dem Hals kommen irgendwelche Schläuche, die Gesichter grau. Und rauchen.

Weitere gute Schilder am AKH-Gelände:
Alkohol-Füllstation
Liegendkrankenanlieferung

Die letzten paar Tage haben Alex und mich wieder zu einem guten Paar gemacht. Ich spüre wieder den Spirit, einen, der lustig und fröhlich ist. Vielleicht funktionieren wir in Ausnahmezuständen besser als im schnöden Alltag.

SSW 38+4

In der Nacht von gestern auf heute haben, nachdem Alex gegangen ist, ganz starke Wehen eingesetzt, lange und total intensiv. Ich war wieder in einen anderen Kreißsaal geschoben worden, in einen recht kleinen, ungemütlichen, wahrscheinlich, weil wieder irgendein anderer frei sein musste, weil irgendein anderer immer frei sein muss. Das ist sicher eine ausgefuchste Logik, die Sinn macht.

Also die Nacht war hart.

Nachtschwestern, so hat uns Papa früher genannt, als wir sehr viel unterwegs waren. Tempi passati.

Eine Hebamme, deren Deutsch ich kaum verstehen konnte (ihrem Akzent nach könnte sie aus einem spanischsprachigen Land kommen, aber sicher bin ich mir nicht), hat mir eine Schmerzmittel-Infusion gegeben und gesagt (zumindest habe ich das verstanden): »Das ist Opium.« Aber da war es schon zu spät. Ich: komplett paralysiert, die Wehen verschwinden, bis zu Mittag kann ich kaum aufstehen, so hinüber bin ich.

Während ich so vor mich hindämmere, kommt am Vormittag wieder die Ärztin mit Ghana-Erfahrung, eine sehr, sehr nette Frau, eine muntere. Wir sehen uns also wieder. Sie fragt mich: »Sind Sie keine Drogen gewöhnt?«

Sie meint, sie werde mich zuallererst wieder aufbauen. Ich bekomme eine andere Infusion, die mich von der ersten heilen soll.

Und dann gibt es eine Hebammen-Studentin, die überambitioniert und überbemutternd ist und mich damit nervt.

Ich werde aus dem ungemütlichen in einen größeren Kreißsaal geschoben, der aber nicht so einen guten Ausblick hat wie der erste, in dem ich war. Dorthin will ich zurück. Die Hebammen-Studentin sagt, dass ich froh sein soll, dass ich nicht in diesen Kreißsaal komme, denn das bedeute, dass eine andere Gebärende ein noch höheres Risiko habe als ich. Langsam macht die Sache Sinn: Wir Gebärende sind in Risikostufen unterteilt, die Kreißsäle unterschiedlich ausgestattet, und je nachdem, wer gerade gebärt und/oder wer gerade die Risikostufe wechselt, wird dahin oder dorthin geschoben. Ganz logisch ist es immer noch nicht. Aber egal: Hier bin ich safe. Ich hab aber eh keine Angst. Ich bin ziemlich safe in mir.

Ab Mittag habe ich Wehen und Angst, dass sie wieder vergehen. Alle 30 Minuten wird ein CTG geschrieben, Alex schaut sich das an und gratuliert mir zu jedem Ausschlag am Zettel, der aus der Maschine rattert.

Zwischen den CTGs bewegen wir uns am Gelände, Südgarten, Leerstandserkundung und so, büxen dann aber wieder aus und wagen uns bis in die Alser Straße und auch zur U-Bahn-Station am Gürtel, in die interessanterweise ein Reisebus gefahren ist. Wir machen ein Foto von mir, die ich gehe wie ein Bus, neben dem Bus, der nicht mehr fährt, weil er zwischen Absperrgittern und der U-Bahn-Station eingekeilt ist mit zerborstenen Scheiben. Wie das passiert ist, ist mir ein Rätsel.

Das ist dann aber der letzte Ausflug. Ich gehe nur mehr die AKH-Stiegenhäuser rauf und runter und halte mich ganz fest am Geländer an, wenn's hart krampft. Am Nachmittag werde ich in den Kreißsaal geschoben, über den froh sein kann, wer nicht drinnen ist, kann aber die Aussicht nicht genießen. Die Sonne knallt über den Wilhelminen- oder Leopoldsberg, welchen auch immer, herunter, mir ist heiß. Die Hebamme kommt rein, stellt sich vor – sie heißt Anna – und fragt uns, ob wir per Sie oder per Du sein wollen.

Als ich noch einmal alleine bin, denke ich intensiv darüber nach, ob es wirklich so ist, dass ich die Geburt steuern kann. Und stelle fest: Es stimmt, ich will die Kinder nicht hergeben, ist doch eh alles gut so, keine Notwendigkeit, den Zustand zu verändern. Wir sind eins. Warum sollen wir drei werden?

Dann konzentriere ich mich, schicke einen Wunsch ans Universum, dass ich heute der Welt Kinder schenken kann. Loslassen und teilen mit anderen.

Alex fährt noch einmal nach Hause, irgendwelche Schlüssel übergeben, Luis versorgen, irgendetwas. Wir telefonieren, ich sage ihm: »Brauchst dich nicht beeilen, das dauert noch.« Kurz darauf ist er wieder da. Er sagt, wenn die Sonne hinter dem Berg verschwindet, wird es leichter. Er sagt's im Dialekt, den ich nicht spreche.

Die Splattershow beginnt.